VINTE MIL LÉGUAS SUBMARINAS

Tradução e adaptação

WALCYR CARRASCO

VINTE MIL LÉGUAS SUBMARINAS

JÚLIO VERNE

2ª edição revista
São Paulo

Ilustrações
WEBERSON SANTIAGO

1ª edição 2007

COORDENAÇÃO EDITORIAL Maristela Petrili de Almeida Leite
EDIÇÃO DE TEXTO Carolina Leite de Souza, José Carlos de Castro
COORDENAÇÃO DE PRODUÇÃO GRÁFICA Dalva Fumiko
COORDENAÇÃO DE REVISÃO Elaine Cristina del Nero
REVISÃO Viviane T. Mendes
COORDENAÇÃO DE EDIÇÃO DE ARTE Camila Fiorenza
PROJETO GRÁFICO Camila Fiorenza
ILUSTRAÇÕES DE CAPA E MIOLO Weberson Santiago
DIAGRAMAÇÃO Cristina Uetake, Vitória Sousa
PESQUISA ICONOGRÁFICA Carol Böck, Mariana Veloso, Flávia Aline de Morais e Marcia Sato
COORDENAÇÃO DE *BUREAU* Américo Jesus
TRATAMENTO DE IMAGENS Fábio N. Precendo
PRÉ-IMPRESSÃO Alexandre Petreca, Everton L. de Oliveira Silva, Helio P. de Souza Filho, Marcio Hideyuki Kamoto
IMPRESSÃO E ACABAMENTO EGB Editora Gráfica Bernardi Ltda.
LOTE 770816
COD 12079772

A TRADUÇÃO FOI BASEADA NA EDIÇÃO:
VINGT MILLE LIEUES SOUS LE MERS, DE JÚLIO VERNE,
SEGUNDO ÉDITIONS GALLIMARD, 2005,
FOLIO CLASSIQUE

Dados Internacionais de Catalogação na Publicação (CIP)
(Câmara Brasileira do Livro, SP, Brasil)

Carrasco, Walcyr
Vinte mil léguas submarinas / Júlio Verne ; tradução e adaptação de Walcyr Carrasco. — 2. ed. — São Paulo : Moderna, 2012. — (Série clássicos universais)

Título original: *Vingt mille lieues sous le mers*
ISBN 978-85-16-07977-2

1. Ficção - Literatura infantojuvenil I. Verne, Jules, 1828-1905. II. Título. III. Série.

12-05455 CDD-028.5

Índices para catálogo sistemático:
1. Ficção : Literatura infantojuvenil 028.5
2. Ficção: Literatura juvenil 028.5

EDITORA MODERNA LTDA.
Rua Padre Adelino, 758 - Belenzinho
São Paulo - SP - Brasil - CEP 03303-904
Vendas e Atendimento: Tel. (11) 2790-1300
www.modernaliteratura.com.br
2023
Impresso no Brasil

Sumário

Segunda parte

VINTE MIL LÉGUAS SUBMARINAS

Marisa Lajolo

Júlio Verne no Brasil

Em março de 1905, no *Jornal do Brasil,* vinha a seguinte notícia:

"Traz-nos o telégrafo a notícia de que faleceu em Amiens o conhecido jornalista Júlio Verne. Quem há dentre nós que não deva ao imaginoso escritor muitas horas de sonhos e maravilhas? Trazendo no espírito o amor do desconhecido e das aventuras arejadas, todavia limitou-se a efetuá-las, dentro das paredes de seu gabinete, na calma e no isolamento dos sonhadores" (http://www.jblog.com.br/hojenahistoria.php?itemid=26259).

A notícia sugere que Júlio Verne era um nome conhecido do público brasileiro, não é mesmo?

E era mesmo! Nome conhecidíssimo, não apenas no Brasil, mas no mundo todo!

Um sucesso em toda parte

Desde 1863, quando publicou sua primeira obra (*Cinco semanas em um balão*), o escritor francês Júlio Verne teve um sucesso extraordinário. Sete anos depois (em 1870) publicou a história que agora está em suas mãos: *Vinte mil léguas submarinas*. Mais sucesso! Ainda maior que o anterior!!

Júlio Verne tinha percebido que o público estava ansioso por histórias de aventuras, curioso pelas oportunidades que a ciência e a tecnologia — então em rápido desenvolvimento — abriam para a humanidade. Bem informado de pesquisas em curso e capaz de articulá-las com ficção, o escritor arregaçou as mangas. E foi assim que foram surgindo seus livros, dezenas deles: foram lançados inicialmente na França, onde a coleção que os reunia chamava-se, com muita propriedade, Viagens extraordinárias. Logo depois iam sendo traduzidos para muitos idiomas, inclusive o Português.

Em Portugal, a coleção Horas românticas lançava Júlio Verne e a bordo dela os livros chegavam ao Brasil. Mas, se os livros de Júlio Verne chegavam ao Brasil, o Brasil também chegou a seus livros: em 1881 — mesmo ano em que Machado de Assis publicava

Memórias póstumas de Brás Cubas, Júlio Verne lançava o romance *A Jangada*, que tinha por cenário o mundo amazônico.

Suas obras tiveram muitos leitores por aqui. Muitos!

Catálogos de livrarias paulistanas e cariocas da década de oitenta do século XIX registram livros de Júlio Verne dentre os volumes que ofereciam a seus fregueses, e também bibliotecas e gabinetes de leitura dispunham das obras, muito procuradas pelos leitores.

Esses dados confirmam a hipótese do primeiro parágrafo: a notícia do *Jornal do Brasil* — que abre esta apresentação — tinha razão de ser: as obras do escritor francês tinham circulado por aqui e, portanto, seu falecimento era assunto que interessava. A notícia fúnebre talvez entristecesse seus leitores fiéis: não vamos mais ter novos livros de Júlio Verne...!

Vinte mil léguas submarinas e mais de um século de leituras apaixonadas

A história da viagem do capitão Nemo, do professor Aronnax e de seus companheiros que Walcyr Carrasco traduz e reconta, ao tempo de seu lançamento em 1870, foi lida, divulgada e classificada como um sensacional livro de ficção científica.

A maior parte do enredo passa-se em um submarino movido a eletricidade e, na época — décadas finais do século XIX —, nem submarinos existiam nem o conhecimento disponível sobre a energia elétrica era suficiente para os usos dela que Júlio Verne inventa. Por isso, ficção científica: para compor a história, a imaginação trabalha questões e respostas propostas pela ciência. Nas primorosas notas com que Walcyr Carrasco acompanha o texto, o leitor fica sabendo do panorama científico da época de lançamento do livro e das diferenças com o panorama científico de hoje.

Acompanhando as notas, o leitor faz uma segunda viagem: viaja pela história da ciência!

As principais personagens da história — o capitão Nemo e o professor Aronnax que a narra — são ambos homens de ciência. Curiosos como qualquer cientista, usam o que já sabem para aprender mais.

Nemo, figura misteriosa de inventor e de líder, é uma personagem extremamente ambígua. Ao longo da leitura, as opiniões do leitor sobre ele vão mudando: Como é que ele foi capaz de fazer uma coisa dessas...? Foi certo agir desta maneira...? Já o professor Aronnax, pesquisador e autor de livros de Biologia, encarna bem — ainda que às vezes de forma quase caricatural para padrões de hoje — a figura do cientista: aquela pessoa para quem o amor ao conhecimento é maior do que tudo, ilimitado e sem preço.

Outras personagens contracenam na história, formando-se dois grupos que empenham lealdade a um ou a outro dos protagonistas. É nos diálogos entre ambos que se colocam questões atualíssimas de ética, como você vai ver.

A dimensão ética das questões que a história de Júlio Verne propõe — e que se mantem intacta e estimulante na reescritura de Walcyr Carrasco — corre paralela às vertiginosas aventuras vividas pelos passageiros do submarino. As aventuras, que se tornaram clássicas, registradas no diário que o professor Aronnax mantém ao longo da viagem, foram recriadas no cinema e em quadrinhos. A mais famosa delas talvez seja a batalha com os polvos gigantes, mantida em todas as versões cinematográficas da história e extremamente favorecida pela espetacular tecnologia com que os filmes de hoje podem contar. Mas o suspense midiático que hoje nos engolfa não é mais envolvente do que o suspense vivido pelos leitores das dezenas de edições, em dezenas de línguas, que os livros de Júlio Verne tiveram e continuam tendo.

Na história da viagem do submarino Nautilus, Júlio Verne soube tirar partido do fascínio que o mundo submarino vem despertando há séculos na humanidade. Florestas de corais, conchas gigantescas que produzem pérolas de tamanho descomunal, cardumes de criaturas de formas estranhas, cascos de navios naufragados recobertos por algas e formações calcáreas, cidades submersas são alguns dos cenários pelos quais Júlio Verne conduz seus leitores, reforçando muitas vezes a veracidade do que narra pela alusão a episódios históricos e a lendas antigas.

É, por exemplo, essa mescla entre ficção e história que dá força ao episódio provocado pela visão do navio naufragado Vengeur ou o encontro dos navegantes com a mítica civilização da Atlântida. Tanto o navio quanto a Atlântida são tema de inúmeros livros, documentos e projetos de pesquisa. Reencontrando-os na história do capitão Nemo e do professor Aronnax, o leitor pode ficar tentado a transferir a credibilidade de tais dados para outras passagens da história, como, por exemplo, o cemitério submarino ou a tomada de posse do polo Sul: É mesmo possível haver um cemitério sob as águas do oceano? Como foi a "conquista" do polo Sul?

Como ocorre em toda história de aventuras, o leitor das *Vinte mil léguas submarinas* acompanha as personagens, meio que compartilhando com elas os riscos incessantes que elas correm. Celebrando suas vitórias e sofrendo com os problemas. Da segurança de nossas poltronas, com Júlio Verne aberto nas mãos, corremos o mundo e corremos riscos.

E gostamos!

Leitores chiques e famosos

Um dos mais importantes escritores brasileiros é Érico Veríssimo, um gaúcho que nasceu na cidadezinha de Cruz Alta no mesmo ano em que Júlio Verne morreu: 1905. Em sua bela autobiografia, Veríssimo (você sabe, não é? Ele é pai do Luís Fernando...) conta como os livros do escritor francês o fascinavam:

"Uma das maiores descobertas literárias de meus dez ou onze anos foi a dum livro encadernado que encontrei um dia no fundo duma gaveta. Sua capa, com desenhos em negro sobre um fundo vermelho, mostrava à esquerda uma jiboia enroscada numa bananeira, ao pé da qual estava sentado um leão que parecia olhar para um veleiro desarvorado e encalhado numa praia. Num céu escuro subia um balão. No alto da capa li um nome: Júlio Verne. Pouco abaixo, estas palavras: Viagens maravilhosas.

(...) Fui sentar-me ao pé da ameixeira-do-japão e comecei a leitura.

(...) Assim, durante todo aquele ano e no seguinte, fui *Um herói de quinze anos*, passei *Cinco semanas em um balão* — e a ameixeira resignava-se a fazer ora o papel de aerostato, ora o do submarino do cap. Nemo para percorrer *Vinte mil léguas submarinas*. Foi também uma grande jangada que desceu o rio Amazonas". VERÍSSIMO, Érico. Solo de Clarineta. v. I. São Paulo: Companhia das Letras, 2005, p. 124-126.

Observe como o depoimento de Érico Veríssimo é precioso: ele se lembra e anota a capa do livro, os desenhos, as cores, o lugar onde lia e — o mais tocante — sua profunda identificação com as histórias e personagens dos livros que devorava.

Quem sabe, daqui a muitos anos, escrevendo a história de sua vida, você não vai evocar a leitura que está fazendo agora, desta nova versão de um livro que encantou muitas e muitas gerações ao redor do mundo?

Linha do tempo
Vinte mil léguas submarinas, de Júlio Verne

Marisa Lajolo
Luciana Ribeiro

1828	Nascimento de Júlio Verne.
1850	Júlio Verne compôs, com Alexandre Dumas Filho, uma comédia em verso: *Les pailles rompues (Contratos rompidos)*.
1863	Publicação do primeiro romance de Júlio Verne: *Cinco semanas em um balão*.
1864	Publicação de *Viagem ao centro da Terra*.
1870	Publicação de *Vinte mil léguas submarinas*.
1872	Publicação de *A volta ao mundo em 80 dias*, inicialmente como folhetim no jornal parisiense *Le Temps*.
1874	Publicação de *A ilha misteriosa*, romance de Júlio Verne no qual reaparece o capitão Nemo, um dos protagonistas de *Vinte mil léguas submarinas*.
1881	Lançamento, por Júlio Verne, do romance *A Jangada*, que tem por cenário o mundo amazônico.
1886	Tradução (por Mariano Cyrillo de Carvalho) para o português de *Viagem ao centro da Terra*, pela editora lisboeta David Corazzi.
	Júlio Verne é alvejado na perna por seu sobrinho, Gaston Verne.
	Tradução (por A. M. da Cunha e Sá) para o português de *A volta ao mundo em 80 dias*, pela editora lisboeta David Corazzi.
1887	Tradução (por Gaspar Borges de Avelar e Francisco Gomes Moniz) para o português de *Vinte mil léguas submarinas*, pela editora lisboeta David Corazzi.
1888	O romance brasileiro *O ateneu* (de Raul Pompeia) inclui uma cena em que Júlio Verne é lido na biblioteca da escola.

<table>
<tr><td>1893</td><td>O romance brasileiro A normalista (de Adolfo Caminha) inclui uma cena em que a leitura de Júlio Verne é recomendada às estudantes.</td></tr>
<tr><td rowspan="2">1905</td><td>Falecimento de Júlio Verne. A morte do escritor é noticiada pelo Jornal do Brasil.</td></tr>
<tr><td>Primeiro filme inspirado em Vinte mil léguas submarinas.</td></tr>
<tr><td rowspan="2">1907</td><td>Olavo Bilac, em crônica, registra a cena de um jovem, na Biblioteca Nacional (Rio de Janeiro), lendo de forma apaixonada um livro de Júlio Verne.</td></tr>
<tr><td>Em carta ao amigo Godofredo Rangel, Monteiro Lobato relata a cena de um hoteleiro, no interior de São Paulo, que sabia de cor livros de Júlio Verne.</td></tr>
<tr><td>C. 1915</td><td>Registro de leitura entusiasmada de Érico Veríssimo das obras de Júlio Verne.</td></tr>
<tr><td>1924</td><td>Em entrevista à revista francesa Je Saus Tout, Alberto Santos Dumont declarou: “Meu primeiro professor de aeronáutica foi Júlio Verne”. Essa declaração foi inclusa, em 1982, em uma matéria do jornal Diário da Tarde.</td></tr>
<tr><td>1932</td><td>Lançamento do livro Viagem ao céu, de Monteiro Lobato, no qual S. Jorge (na Lua) faz referência à obra de Júlio Verne.</td></tr>
<tr><td>1938</td><td>Transmissão radiofônica de A volta ao mundo em 80 dias por Orson Welles, na estação The Mercury Theatre on the Air.</td></tr>
<tr><td rowspan="2">1954</td><td>Versão cinematográfica de Vinte mil léguas submarinas, com Kirk Douglas (pai de Michael Douglas) no elenco.</td></tr>
<tr><td>A marinha norte-americana lança o primeiro submarino nuclear e dá-lhe o nome Nautilus, em homenagem a Júlio Verne.</td></tr>
<tr><td>1956</td><td>Nova versão cinematográfica de A volta ao mundo em 80 dias por Michael Anderson, com David Niven, Cantinflas, Shirley MacLaine, Frank Sinatra, entre outros.</td></tr>
<tr><td>1958</td><td>Lançamento pela Ebal de versão quadrinizada de Vinte mil léguas submarinas.</td></tr>
</table>

1959	Versão cinematográfica de *Viagem ao centro da Terra*, com James Mason como protagonista, Arlene Dahl e Pat Boone.
1967	Série em desenho animado de *Viagem ao centro da Terra*, produzida pela Filmation e pelo canal ABC.
1975	Apresentação do cantor Rick Walkeman, autor da canção "Journey to the centre of the Earth", acompanhado, no Brasil, da Orquestra Sinfônica Brasileira e do Coral da Universidade Gama Filho.
1988	Versão bem-humorada, com adaptação e desenhos de Chiqui de La Fuente, de *A volta ao mundo em 80 dias*.
1992	Espetáculo *Viagem ao centro da Terra*, com Júlia Lemmertz e Otávio Muller. Direção de Bia Lessa.
2004	Lançamento de nova versão de *Vinte mil léguas submarinas* em desenho animado pela VTO Continental.
	Nova versão cinematográfica de *A volta ao mundo em 80 dias* de Frank Coraci, com Jackie Chan, Steve Coogan e Arnold Schwarzenegger.
2007	Espetáculo de teatro de bonecos inspirado em *Vinte mil léguas submarinas*, com o Grupo Giramundo.
2008	Nova versão cinematográfica de *Viagem ao centro da Terra* por Eric Brevig, com Brendan Fraser e Josh Hutcherson.
	Versão de *A volta ao mundo em 80 dias* em *Game on Line*.
	Minissérie *Viagem ao centro da Terra*, com Victoria Pratt e Peter Fonda.
	Versão quadrinizada de *Viagem ao centro da Terra* pela Companhia Editora Nacional.
2009	Apresentação pela TV Cultura do documentário "A extraordinária viagem de Júlio Verne".
	Homenagem da escola de samba União da Ilha do Governador a Júlio Verne.
2010	Lançamento em quadrinhos pop-up de *Vinte mil léguas submarinas*. Tradução de Fernando Nuno e Bruno S. Rodrigues.

2011	Edição digital de *Vinte mil léguas submarinas*.
	Apresentação pela TV Escola do documentário "Meu Júlio Verne".
	Novo lançamento em quadrinhos de *A volta ao mundo em 80 dias*. Tradução de Alexandre Boide.
	Prêmio APCA – Associação Paulista de Críticos de Arte (Melhor ator e direção) para espetáculo infantil inspirado em *A volta ao mundo em 80 dias*. Companhia Solas de Vento.
	Homenagem do *Google* a Júlio Verne com um *Doodle* equipado com um comando especial, pelo qual os cibernautas podem comandar o *Nautilus*.
	Apresentação pelo *Théâtre du Soleil* no Brasil de *Os náufragos da louca esperança*, espetáculo baseado no romance póstumo de Júlio Verne *Os náufragos do Jonathan*.

Referências:

http://www.scifitupiniquim.com.br/index.php?option=com_content&view=article&id=925:a-lista--dos-livros-obrigatorios-de-ficcao-cientifica-segundo-a-revista-ciencia-hoje&catid=37:fique-por--dentro&Itemid=55 (acesso em 04/fev./2012).

http://www.ultimosdiasdegloria.com/Materias/Resenhas/Resenha_002.htm (acesso em 06/fev./2012).

http://jvernept.blogspot.com/2011/11/volta-ao-mundo-em-80-dias-de-2004-na-tv.html (acesso em 08/maio/2012).

http://www.ihgrgs.org.br/Contribuicoes/centenario_morte_julio_verne.htm (acesso em 08/maio/2012).

http://www.funarte.gov.br/teatro/teatro-dulcina-recebe-diretora-e-atores-do-theatre-du-soleil/ (acesso em 08/maio/2012).

http://pt.wikipedia.org/wiki/Bia_Lessa (acesso em 08/maio/2012).

http://vanucci-jornaldovanucci.blogspot.com/2012/02/quem-quer-vai-cesar-vanucci-meu.html (acesso em 08/maio/2012).

http://revistacult.uol.com.br/home/2010/03/entrevista-carlos-heitor-cony-2/ (acesso em 08/maio/2012).

PAINEL DE IMAGENS

Retrato de Júlio Verne, meados do século XIX.

Ilustração de Alphonse Neuville e Edouard Riou para a primeira edição de *Vinte mil léguas submarinas*, 1870.

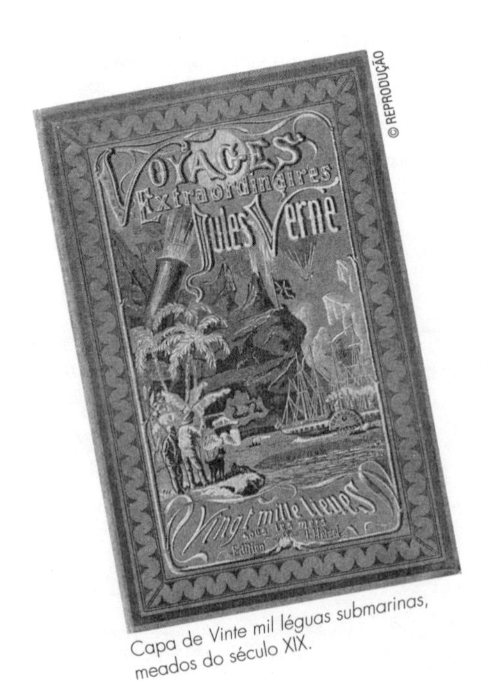

Capa de Vinte mil léguas submarinas, meados do século XIX.

Ouvrage couronné par l'Académie française.

JULES VERNE

VINGT MILLE LIEUES
SOUS
LES MERS

ILLUSTRÉ DE
111 DESSINS PAR DE NEUVILLE ET RIOU
GRAVÉS PAR HILDIBRAND.

BIBLIOTHEQUE
D'ÉDUCATION ET DE RÉCRÉATION
J. HETZEL ET Cie, 18, RUE JACOB
PARIS

Frontispício da primeira edição de *Vinte mil léguas submarinas*, 1871.

Ilustração inicial para edição conjunta de dois dos primeiros livros de Júlio Verne: *Cinco semanas em um balão* e *Viagem ao centro da Terra*, 1864.

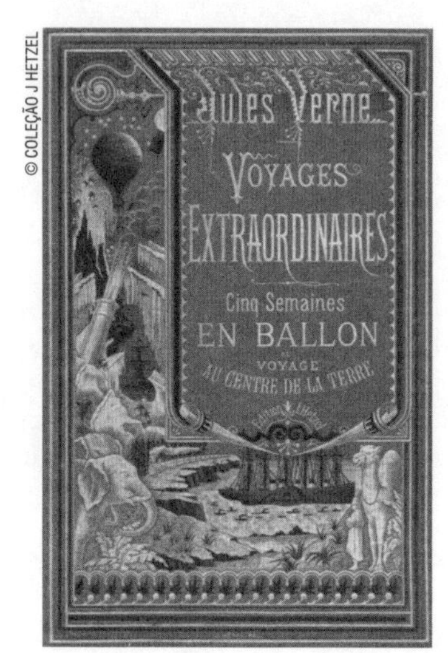

Capa de edição dupla da coleção "Viagens extraordinárias", com as histórias de *Cinco semanas em um balão* e de *Viagem ao centro da Terra*, 1864.

Capa de edição dupla da coleção "Viagens extraordinárias", com as histórias de *O doutor Ox* e *A volta ao mundo em 80 dias*, s/d.

Ilustração elaborada por Alphonse de Neuville e Édouard Riou para *Vinte mil léguas submarinas*, 1870.

Ilustração elaborada por Alphonse de Neuville e Édouard Riou para *Vinte mil léguas submarinas*, 1870.

© COLEÇÃO J HETZEL

Página inicial da primeira edição de *A ilha misteriosa*, 1874. Ilustração de Jules Fèrat.

© COLEÇÃO J HETZEL

Frontispício de A volta ao mundo em 80 dias, meados do século XIX.

© ALPHONSE DE NEUVILLE/ÉDOUARD RIOU

Ilustração de Alphonse de Neuville e Édouard Riou para Vinte mil léguas submarinas, 1870.

© REPRODUÇÃO

Capa de edição de Cinco semanas em um balão, s/d.

Frontispício da primeira edição de *A jangada*, romance de Júlio Verne ambientado na Amazônia brasileira. Ilustração de Léon Benett, 1881.

Cartaz de versão norte--americana para o cinema de *Vinte mil léguas submarinas*, com direção de Stuart Paton, 1916.

Cena de adaptação cinematográfica francesa de *Vinte mil léguas submarinas*, dirigida por Georges Méliès, 1907.

Cartaz de filme baseado em *Vinte mil léguas submarinas* e produzido pela Walt Disney Productions. Direção de Richard Fleischer, com Kirk Douglas, James Mason e Paul Lukas, 1954.

Capa da versão em quadrinhos de *Vinte mil léguas submarinas*, lançada pela editora Ebal, 1958.

Fotografia do primeiro submarino nuclear, lançado pela Marinha norte-americana e batizado de Nautilus, 1955.

Cartaz de espetáculo de teatro de bonecos do grupo Giramundo inspirado em *Vinte mil léguas submarinas*, 2007.

Cartaz de espetáculo de teatro de bonecos do grupo Giramundo inspirado em *Vinte mil léguas submarinas*, 2007.

Primeira parte

1
FATOS INEXPLICÁVEIS

No ano de 1866 ocorreram nos oceanos acontecimentos estranhos e inexplicáveis, que preocuparam muito os comerciantes, oficiais da Marinha, capitães, proprietários de navios e a população dos portos. E também governantes europeus e americanos. Vários navios cruzaram com um animal longo e fosforescente, maior e mais veloz que uma baleia. As muitas versões eram semelhantes ao descrevê-lo e concordavam em relação à sua surpreendente velocidade. Ninguém sabia dizer, entretanto, de que animal se tratava.

Foi enorme a curiosidade em torno desse ser descomunal. No dia vinte de julho de 1866, o navio a vapor[1] Governor Higginson

[1] Embora os primeiros registros de barco a vapor datem de cerca de 1730, o primeiro serviço regular de navios a vapor deu-se com o *North River Steamboat of Clermont*, em 1808, construído por Robert Fulton. As primeiras viagens transatlânticas regulares com barcos a vapor surgiram em 1838.

o encontrara a cinco milhas[2] da costa da Austrália. O capitão Baker pensou se tratar de um recife desconhecido. Quando buscava determinar sua posição exata para colocá-lo no mapa, o "rochedo" esguichou para o alto dois jatos de água que atingiram cerca de cento e cinquenta pés[3] de altura. O capitão concluiu:

— Estou diante de um monstro desconhecido!

Vários outros navios descreveram encontros semelhantes. Os governos da Inglaterra, dos Estados Unidos e da Alemanha preocuparam-se com suas possíveis consequências na navegação e no comércio. A existência do monstro era debatida em todo lugar. Jornais duvidavam de sua existência. Lembraram relatos de outros seres descomunais, como a baleia branca Moby Dick[4]. Com cautela, um grupo de cientistas argumentava ser impossível que tantos passageiros e tripulantes tivessem a mesma alucinação em datas, navios e posições geográficas diferentes. Por fim, fez-se tanta piada na imprensa que a discussão foi posta de lado.

Mas em março de 1867, o navio Moravian, do Canadá, chocou-se durante a madru-

[2] "Milha náutica" é uma unidade de medida usada em navegação marítima e equivale a 1.852 metros. As 5 milhas náuticas citadas no texto equivalem a 9.269 metros.

[3] O "pé" é uma unidade de medida equivalente a cerca de 30 centímetros, ou seja, 150 pés equivalem a cerca de 45 metros.

[4] *Moby Dick* é considerado um dos grandes clássicos da literatura em língua inglesa. Herman Melville conta a história do capitão Acab e sua obsessão pela baleia branca conhecida como Moby Dick.

gada contra um rochedo que não aparecia em nenhum mapa. Devido à velocidade, se não fosse a qualidade de seu casco, teria submergido no acidente. Apesar da força do choque, os oficiais não viram rochedo algum. Somente um redemoinho. O navio continuou a navegar sem avarias aparentes. Mais tarde, no porto, passou por uma inspeção. Descobriu-se que uma parte da quilha[5] se partira. Com o que teria se chocado, afinal?

[5] A "quilha" é o arremate inferior externo do casco do navio.

Talvez esquecessem o fato se três semanas mais tarde não ocorresse outro semelhante, com intensa repercussão. Em abril, o Scotia, pertencente a uma companhia inglesa, navegava em águas calmas. Às quatro da tarde, tripulantes e passageiros sentiram um choque. O navio era sólido. Ninguém se preocupou. Mas um grupo de marinheiros subiu correndo dos porões, aos gritos.

— Vamos afundar! Vamos afundar!

Os passageiros entraram em pânico. O capitão os tranquilizou.

— Não há perigo. O navio foi construído para suportar até mesmo um rombo no casco!

O capitão desceu ao porão, já inundado. Confirmou a avaria. O navio fora construído com sete compartimentos estanques. O quinto fora atingido. Não comprometera as caldeiras que produziam o vapor. Era possível manter-se à tona. Um marinheiro mergulhou. Havia um buraco de dois metros na quilha, impossível de ser vedado. Mas o navio conseguiu chegar até o porto de Liverpool, na Inglaterra.

Os engenheiros da companhia avaliaram o acidente. Sua surpresa foi tremenda. A dois metros e meio abaixo da linha de flutuação havia um rasgão em forma de triângulo. A fenda era totalmente regular! Parecia feita por um instrumento de perfuração extremamente resistente. Outro mistério: como, após perfurar o casco, fora capaz de desaparecer como se nunca tivesse existido?

Voltou-se a falar no monstro. A ele atribuíram todos os naufrágios, todos os acidentes, até os mais improváveis. A comunicação entre os continentes tornava-se cada vez mais difícil[6]! A opinião pública foi unânime: era preciso livrar os mares do terrível monstro!

[6] Desde 1865 cabos submarinos ligam por telégrafo a Europa à América, e em 1870 foi terminada a conexão telegráfica entre Inglaterra e Índia. Entretanto, era caro mandar mensagens por telégrafos, de forma que o correio, transportado por navio, era a forma de comunicação mais comum daquela época.

2
PRÓS E CONTRAS

Quando esses fatos ocorreram, eu estava no final de uma expedição científica nos Estados Unidos. Sou professor adjunto no Museu de História Natural de Paris. Fora ao Nebraska pesquisar minérios e fósseis.

Sabia do acidente com o Scotia. Quem não ouvira falar? Lera as notícias em jornais norte-americanos e europeus. O mistério me intrigava. Não conseguia formar uma opinião definitiva! Mas que havia alguma coisa, não se podia negar. Quando cheguei a Nova York, a discussão estava no auge. Já não se acreditava nas hipóteses de uma ilha flutuante. Restavam duas possibilidades. Alguns acreditavam na existência de um monstro colossal. Outros, em um barco capaz de andar embaixo das águas, com uma extraordinária força motriz.

Essa última hipótese parecia impossível. Tanto na Europa como na América, era improvável que um simples particular construísse um engenho tão sofisticado, ainda desconhecido nos dois mundos. Como manter secreta a invenção?

Levantou-se a hipótese de que algum país estivesse por trás da invenção. Todos os governos declararam nada saber sobre o assunto. Diante da gravidade do tema, e da pressão popular, ninguém duvidou. Um Estado espiona o outro. Como ocultar a construção de uma máquina com tal potencial para a guerra?

Voltou-se a falar no monstro. As especulações aumentaram.

Na qualidade de professor de História Natural, ao chegar a Nova York fui consultado sobre o assunto. Publicara na França uma obra em dois volumes, com o título de *Os mistérios do fundo do mar*. Era considerado um especialista. Não queria responder, por falta de dados. Foi impossível. O jornal *New York Herald* chegou a dar um prazo para que o "professor Pierre Aronnax, do Museu de Paris", desse sua opinião.

Analisei a questão. Finalmente, publiquei um artigo, do qual transcrevo o seguinte trecho:

"Após examinar todas as hipóteses, é preciso admitir a existência de um animal marinho de força extraordinária. As profundezas do oceano nos são totalmente desconhecidas. Que acontece nesse mundo abissal? Que espécies de seres o habitam?

Não conhecemos todas as espécies. A natureza ainda guarda segredos. É preciso admitir a existência de novas espécies, que habitam camadas marítimas ainda inacessíveis às sondas. Espécies que um acontecimento qualquer traz, de tempos em tempos, para a superfície do oceano.

Mas também é possível admitir a existência de um narval gigante[7]. O narval comum, ou unicórnio marinho, atinge muitas vezes o comprimento de sessenta pés[8]. Se multiplicarmos seu tamanho por cinco ou dez vezes, aumentando o poder de suas armas ofensivas na mesma proporção, teremos um animal capaz de perfurar o casco de um navio.

O narval possui uma espécie de espada de marfim, ou alabarda[9], como denominam alguns naturalistas. É um dente principal que possui a dureza do aço. O Museu da Faculdade de Medicina de Paris possui um desses dentes, com o comprimento de dois metros e vinte e cinco centímetros e a largura de quarenta e oito centímetros na base! Some-se a isso a velocidade do narval e teremos um choque capaz de produzir uma catástrofe como a que ocorreu recentemente.

Minha opinião é que se trata de um narval de dimensões colossais armado não de ala-

[7] "Narval" é um cetáceo (ou seja, primo das baleias e dos golfinhos) típico das águas geladas do continente Ártico. Mede entre 4 e 5 metros e pesa cerca de 1.500 quilos. O narval macho adulto tem um grande dente incisivo espiralado que se projeta para fora da boca, como se fosse um chifre. Esse dente atinge até 3 metros e pode pesar cerca de 10 quilos. São raros os espécimes que apresentam dois desses dentes modificados.

[8] Sessenta pés equivalem a aproximadamente 18 metros. Entretanto, não há registros de narvais desse tamanho.

[9] "Alabarda" é uma espécie de lança, cuja ponteira metálica é atravessada por uma lâmina em forma de machado ou em forma de uma lua crescente.

barda, mas de um esporão. Sempre pode haver outra explicação, para a qual ainda não encontramos evidências".

Não nego que essas últimas palavras fossem um tanto covardes. Tratava-se de defender minha dignidade científica. Se algum novo acontecimento negasse minha hipótese, ninguém poderia me criticar!

Meu artigo teve seus prós e contras analisados em longas discussões. O mar é o único ambiente onde ainda podem ser encontrados gigantes desconhecidos. Animais terrestres como elefantes e rinocerontes são anões diante das maiores espécies marítimas. O que mais pode ocultar o fundo dos oceanos? Quem sabe moluscos colossais? Caranguejos de duzentas toneladas? Por que não? Outrora, os animais terrestres também eram gigantescos[10]!

Após meu artigo, passou-se a admitir sem restrições a existência de um ser colossal responsável pelos ataques aos navios. A consequência foi a decisão de livrar os oceanos de tão temível criatura. Organizou-se em Nova York uma expedição para perseguir o narval. A fragata[11]

[10] Durante cerca de 150 milhões de anos, os dinossauros dominaram o planeta. Pesavam até 100 toneladas, mediam até 50 metros de comprimento e cerca de 8 metros de ombro a ombro. Hoje os maiores animais do planeta não são mais terrestres, mas marinhos: a baleia-azul (que pesa 150 toneladas e mede 30 metros) seguida pela água-viva-juba-de-leão (que atinge 2 metros de diâmetro e tem tentáculo de 30 metros) e a lula colossal, que vive nas regiões abissais dos oceanos e pode chegar a 14 metros de comprimento e pesar 450 quilos.

[11] "Fragata" é um tipo de barco militar.

Abraham Lincoln, velocíssima, recebeu armamentos para destruir o monstro.

Mas, assim que foi preparada a expedição, o monstro desapareceu. Durante dois meses não houve notícias de ataques. A Abraham Lincoln permaneceu no porto. Finalmente, no início de julho, chegou uma notícia! Um navio o encontrara nos mares do Pacífico Norte.

A opinião pública clamou por uma ação imediata. O capitão Farragut, da Abraham Lincoln, não esperou um dia sequer. Os depósitos já estavam cheios de mantimentos. Os porões, de carvão. A tripulação, a postos. Ele também estava ansioso pela partida.

Três horas antes que o navio zarpasse, recebi uma carta. Dizia:

"Senhor Aronnax, professor no Museu de Paris
Hotel Quinta Avenida — Nova York

Senhor,

Se for do seu interesse participar da Abraham Lincoln, o governo dos Estados Unidos terá prazer em convidá-lo como representante da França. O capitão Farragut tem um camarote à sua disposição.

Muito cordialmente,
J. B. Hobson
Secretário da Marinha"

3
UM CRIADO FIEL

Até receber o convite do secretário da Marinha, nem remotamente pensava em perseguir o narval. Três segundos depois, sentia que minha verdadeira vocação era livrar o mundo do monstro.

Retornava de uma expedição cansativa. Ansiava por repouso. Queria voltar a meu país, reencontrar os amigos, descansar no meu apartamento! Esqueci tudo! Aceitei o convite entusiasmado. Chamei meu criado:

— Conseil!

Era um rapaz dedicado, que me acompanhava em todas as viagens. Um corajoso flamengo[12] de quem eu gostava, e que me pagava

[12] "Flamengo" é o indivíduo nascido em Flandres.

na mesma moeda. Fleumático, metódico, cuidadoso, pouco se admirava com as surpresas da vida. Muito hábil com as mãos e sempre pronto a qualquer trabalho. Convivia com os pesquisadores e cientistas de meu meio.

Aprendera muito. Era um especialista nas teorias de classificação em História Natural. Durante dez anos, Conseil seguira-me para todos os lugares onde as pesquisas científicas me arrastaram. Nunca reclamou das dificuldades. Tinha ótima saúde e excelentes condições físicas. Músculos sólidos. Temperamento calmo. Dez anos nos separavam: tinha trinta, enquanto eu já chegara aos quarenta. Conseil possuía somente um defeito: seguia a etiqueta. E me tratava muito cerimoniosamente. O que às vezes era muito chato.

— Conseil! — chamei novamente.

Quis saber se teria restrições a me acompanhar. A expedição de caça ao narval gigante poderia se prolongar bastante. Também seria perigosa. O monstro parecia ser capaz de destruir um navio como se quebra uma casca de noz. Gritei uma terceira vez.

— Conseil!

Finalmente ele apareceu.

— O senhor chamou?

— Três vezes, rapaz! — anunciei. — Prepare minha mala. Apresse-se. Só tenho duas horas antes da partida!

Após um instante, avisei:

— Não levarei os fósseis recolhidos! Nem as carcaças pré-históricas. Darei ordens para que o pessoal do hotel envie todo o material à França.

— Não vai para Paris? — admirou-se Conseil.

— Sim... mas daremos uma volta — expliquei. — Partiremos na fragata Abraham Lincoln. Isso se quiser ir comigo!

— Como o senhor preferir.

— É melhor que saiba de tudo, Conseil. Trata-se de uma expedição para caçar o monstro que aterroriza os mares. Um especialista em História Natural como eu não pode recusar um convite tão fascinante! É uma missão cheia de glória, mas também perigosa.

— Como o senhor quiser — respondeu Conseil.

— Pense bem. Esse é o tipo de viagem do qual nem sempre se retorna.

— Como o senhor fizer, farei eu!

Quinze minutos depois, nossas malas estavam prontas.

Logo chegamos ao cais, onde Abraham Lincoln estava ancorada. Subimos a bordo com as bagagens. Um marinheiro conduziu-me até o comandante Farragut. Era um homem de aparência firme. Estendeu-me a mão.

— Pierre Aronnax? — perguntou.

— Eu mesmo! Comandante Farragut?

— Em pessoa! Seja bem-vindo, professor. Seu camarote está à disposição!

Em seguida, instalei-me.

Chegara bem a tempo. Mais um pouco e teria perdido a oportunidade. O navio já soltava as amarras. O comandante Farragut não queria perder um instante.

A Abraham Lincoln avançou majestosamente, aplaudida por uma multidão de curiosos. A fragata atravessou o rio Hudson, com a bandeira norte-americana tremulando no alto de um mastro. Entrou no estreito de Nova York. As fornalhas engoliram mais carvão. A fragata lançou-se a todo vapor nas águas do oceano Atlântico!

4
O CAÇADOR DE BALEIAS

O comandante Farragut estava à altura da expedição. Era a alma do navio. Não tinha dúvida sobre a existência do monstro. Nem permitia discussões a respeito. Jurara eliminá-lo dos mares. Sem meio-termo. Ou ele mataria o narval gigante, ou o narval o mataria!

Os oficiais e marinheiros partilhavam da mesma opinião. Ansiavam pela luta. Só pensavam em arpoar o narval, içá-lo a bordo e esquartejá-lo. Vigiavam o mar com atenção redobrada. Mesmo porque havia um prêmio de dois mil dólares para quem fosse o primeiro a assinalar sua presença!

Eu sentia o mesmo entusiasmo. O único a demonstrar indiferença pelo tema era meu criado Conseil, que destoava completamente de todo o pessoal a bordo.

Possuíamos todos os instrumentos para a pesca de baleia. Arpões, flechas farpadas e balas explosivas. No castelo de proa[13] havia um canhão capaz de atingir o alvo a dezesseis quilômetros.

Mas nossa principal arma era Ned Land, o rei dos arpoadores!

Ned Land era um canadense com habilidade fora do comum. Pontaria e sangue-frio, audácia e astúcia eram qualidades que possuía no mais alto grau. Só mesmo uma baleia muito esperta conseguiria fugir de seu arpão.

Tinha cerca de quarenta anos. Alto, forte, tornava-se até violento quando contrariado. Chamava a atenção principalmente pela força do olhar. Tal era sua habilidade que sozinho, na caçada, valeria por todo o restante da tripulação. Quem diz canadense diz francês[14]. Ned Land tornou-se meu amigo graças à minha nacionalidade. Gostava de conversar comigo em francês. Era agradável ouvir suas aventuras nos mares polares. Falava de suas caçadas às baleias com algum talento poético.

[13] "Proa" de uma embarcação é a parte da frente, enquanto a parte de trás chama-se popa. Qualquer estrutura ou compartimento que tenha elevação em relação ao convés recebe o nome de castelo de proa.

[14] O território onde hoje está localizado o Canadá foi colonizado por ingleses, que se espalhavam pelo oeste, e por franceses, que ocupavam majoritariamente o leste.

Descrevo meu corajoso companheiro tal como o vejo atualmente. É que nos tornamos grandes amigos, unidos pelas mais difíceis circunstâncias. Ah! Bravo Ned!

Ned não acreditava na existência de um narval gigante. Evitava abordar o assunto. Um dia perguntei diretamente:

— Ned, como pode duvidar da existência do narval gigante? Tem algum motivo?

O canadense fez uma pausa. Finalmente, respondeu:

— Já cacei muitos cetáceos. Por maiores que fossem, nunca seus dentes poderiam atravessar as chapas de ferro de um casco de navio. Até prova em contrário, não acredito que baleias, cachalotes ou narvais consigam coisa semelhante!

— Ned, é preciso pensar que...

Ele me interrompeu.

— Quem sabe, um polvo gigante?

— Ainda há menos possibilidades. O polvo é um molusco. Sua carne não tem consistência. Não pertence ao ramo dos vertebrados[15]. Seria completamente inofensivo para navios de grande porte.

[15] Mamíferos, répteis, aves, anfíbios e peixes são animais vertebrados porque em algum estágio do seu desenvolvimento apresentam uma estrutura chamada notocorda, a partir da qual se desenvolve a coluna vertebral, sua principal característica anatômica e evolutiva. Por oposição, invertebrados são os animais que em nenhum momento desenvolvem notocorda.

— Assim, continua a admitir a existência de um cetáceo, professor?

— É lógico, Ned! Acredito na existência de um mamífero de grande tamanho, pertencente ao ramo dos vertebrados, como as baleias, os cachalotes ou os golfinhos, e munido de dentes extremamente fortes.

O arpoador abanou a cabeça, sem se convencer. Insisti:

— Se o animal vive nas profundezas do oceano, a quilômetros da superfície, seu organismo deve ser de uma solidez incomparável.

— Por que seria tão forte?

— Para resistir à pressão das águas profundas[16]!

— Sério?

— Ouça, Ned. Para um animal vertebrado com centenas de metros sobreviver nas profundezas do oceano, terá que possuir um esqueleto extremamente resistente e um corpo capaz de resistir a pressões inacreditáveis. Pense no poder de destruição de tal criatura se atingisse um navio!

[16] A única pressão que um mergulhador na superfície do mar está sofrendo é a atmosférica, pois a gravidade puxa para baixo apenas o peso do ar. Mas se esse mergulhador descer um metro, sofrerá uma pressão extra, proveniente da massa da coluna de água que está acima dele e que a gravidade puxa para o centro do planeta. E quanto maior a profundidade, maior a quantidade de água acima do mergulhador, portanto maior a pressão sobre ele exercida.

— Sim... talvez — concordou ele, sem querer se render a meus argumentos.

— Está convencido, Ned?

— Só me convenceu de uma coisa, senhor naturalista. É que, se tais monstros existem no fundo dos oceanos, serão com certeza tão fortes quanto diz.

— Mas se não existem, arpoador teimoso, como explica o acidente do Scotia?

— Talvez... — disse Ned, hesitando.

— Continue!

— Talvez... porque exista outra explicação! — respondeu o canadense.

Não insisti. A resposta só provava sua teimosia. Impossível negar o que ocorrera com o Scotia. A perfuração no casco fora constatada! Só podia ser fruto dos dentes de um animal.

Na minha opinião, tal criatura pertencia ao ramo dos vertebrados, à classe dos mamíferos, ao grupo dos pisciformes e, finalmente, à ordem dos cetáceos. Quanto à família em que se situava, baleia, cachalote ou delfim, ao gênero de que fazia parte e sua espécie eram questões a esclarecer posteriormente[17]. Para

[17] "Classe", "família", "gênero" e "espécie" são critérios de classificação e sistematização de seres vivos pela Biologia. Tais critérios mudam de tempos em tempos devido a novas descobertas científicas que encontram diferenças entre seres antes considerados iguais ou vice-versa.

isso, seria preciso dissecá-lo. Só se poderia dissecá-lo depois de ser apanhado. Para apanhá-lo, era necessário arpoá-lo. Tarefa de Ned Land! Para arpoá-lo, era necessário vê-lo. Tarefa de todos os tripulantes. Para vê-lo, antes teríamos de encontrá-lo. E essa era tarefa do acaso!

5
AVENTURA!

Durante algum tempo, a viagem não foi marcada por nenhum acontecimento relevante. Mas ocorreu um fato que demonstrou a fantástica habilidade de Ned Land!

Ao largo das ilhas Malvinas[18], no dia trinta de junho, a fragata se aproximou de alguns navios baleeiros norte-americanos. Não tinham novas notícias do monstro. Ao saber que Ned Land estava a bordo, o capitão do Monroe pediu sua ajuda para caçar uma baleia já à vista. O capitão Farragut autorizou-o a passar para bordo do Monroe. O canadense arpoou duas baleias com um golpe duplo! Uma, feriu no coração! A outra, apanhou após

[18] As "ilhas Malvinas" ou Falkland Islands são uma colônia britânica no Atlântico Sul, a cerca de 450 quilômetros da costa da Argentina.

uma perseguição de minutos! "Diante do arpão de Ned Land, não aposto no monstro!", pensei.

No dia três de julho estávamos no estreito de Magalhães[19]. Mas o comandante preferiu dobrar o cabo Horn[20].

Finalmente, entramos nas águas do oceano Pacífico, onde o monstro fora visto pela última vez.

— Atenção! Olhos abertos! — repetiam entre si os marinheiros.

Dia e noite, de lunetas em punho, os tripulantes observavam a superfície das águas, certamente atraídos pela recompensa de dois mil dólares.

Quanto a mim, mais estimulado pela ciência do que pelo dinheiro, era um dos mais atentos. Comia depressa e dormia poucas horas. Indiferente ao sol e à chuva, não abandonava o convés. Devorava com olhos ávidos a esteira de espuma deixada pelo navio. A aparição de uma baleia era motivo para toda a tripulação, de oficiais a marinheiros, correr para a popa. Ao ver-me tão ansioso, meu criado Conseil aconselhava com voz calma:

[19] O "estreito de Magalhães" é uma ligação natural entre os oceanos Atlântico e Pacífico, entre o continente sul-americano e o norte da ilha da Terra do Fogo. A passagem é extremamente difícil porque o clima é inóspito e os canais são estreitos.

[20] O "cabo Horn" é o ponto mais ao sul do continente sul-americano. É outra passagem natural entre o Pacífico e o Atlântico. É considerado ainda mais difícil que o estreito de Magalhães por causa dos fortes e gélidos ventos polares, das ondas enormes e dos *icebergs*.

— Se o senhor arregalasse menos os olhos, enxergaria bem melhor!

Todas as vezes descobríamos tratar-se de uma simples baleia. Continuamos a navegar sem sinal do monstro.

O tempo estava favorável. A viagem realizava-se em excelentes condições. Era possível vasculhar as águas a grande distância.

Ned Land continuava incrédulo. Era o único a não observar as ondas fora do seu turno de vigia. Preferia ler ou dormir em sua cabine. Muitas vezes critiquei sua indiferença.

— Bah! Não há nada, senhor Aronnax! Ainda que tal animal existisse, que possibilidade teríamos de encontrá-lo? Dizem que vive aparecendo em pontos diferentes dos mares. Se o monstro existir, deve estar bem longe.

Eu não tinha resposta. Navegávamos cegamente. Mas qual seria a alternativa?

No dia vinte de julho, atravessamos o Trópico de Capricórnio, a 105° de longitude. No dia vinte e sete passamos pelo Equador no meridiano 110[21]. Em seguida, a fragata dirigiu-se para os mares centrais do Pacífico.

[21] A Terra é dividida por diversas linhas imaginárias que servem para ajudar a navegação marítima e aérea. As linhas que cortam o planeta no sentido norte-sul são chamadas *meridianos*, e sua angulação em relação ao Meridiano de Greenwich determina a *longitude*. Os *paralelos* são linhas imaginárias que cortam o planeta no sentido leste-oeste, perpendicular aos meridianos. Sua angulação em relação ao Equador determina a *latitude*. Além do Equador, quatro outros paralelos são referências geográficas especiais: ao norte, temos o Trópico de Câncer e o Círculo Polar Ártico. Ao sul, o Trópico de Capricórnio e o Círculo Polar Antártico.

O comandante Farragut preferia navegar em águas profundas e afastar-se dos continentes e das ilhas. De acordo com as notícias, o monstro parecia sempre evitá-los. Talvez porque a profundidade fosse menor perto da terra firme. A fragata passou ao largo das ilhas Marquesas, das Sandwich, cruzou o Trópico de Câncer e orientou-se para os mares da China.

Era o local da última aparição do monstro!

A tripulação estava extremamente agitada. Vinte vezes por dia, um erro de interpretação ou uma ilusão de óptica de algum marinheiro deixavam todos ainda mais nervosos.

Durante três meses a Abraham Lincoln sulcou os mares do Pacífico, sem achar o monstro. Não deixou um ponto inexplorado, da costa da América ao Japão. E nada! Somente o movimento das ondas. Nenhum vestígio.

Finalmente, o desânimo apoderou-se da tripulação. Surgiu a descrença. Todos se sentiam idiotas por terem acreditado na existência de uma criatura fantástica. Cada um tratou de recuperar as horas de sono. As refeições voltaram a ser mais demoradas. Os que antes mais se esforçavam para encontrar o monstro tornaram-se os piores críticos da expedição. Só a autoridade do capitão Farragut impediu que se desistisse da busca.

Mas o tempo se esgotava. Quanto ainda poderíamos navegar sem destino? Um grupo de representantes dos marinheiros conversou com o capitão, para convencê-lo a desistir. Foi inútil.

A tripulação não escondeu o descontentamento. Não houve revolta, mas muita tensão. O comandante Farragut pediu três dias de paciência. Se ao fim desse prazo o monstro não aparecesse, o navio regressaria.

A decisão funcionou como uma injeção de ânimo. Os tripulantes voltaram a observar a superfície com redobrada atenção. Lunetas passavam de mão em mão. Era um último desafio! Quase uma intimação para que o monstro aparecesse.

Dois dias se passaram. Navegava-se calmamente. Os tripulantes tentavam mil maneiras de atrair o animal, no caso de se encontrar naquelas águas. Grandes quantidades de carne defumada foram presas à ré, para alegria dos tubarões. Escaleres foram lançados ao mar, para procurar melhor, enquanto a fragata esperava, imóvel. Sem resultado.

No dia cinco de novembro, expirava o prazo. Fiel a sua palavra, o comandante Farragut deveria iniciar o retorno. Na noite anterior, estávamos próximos à costa do Japão. Grossas nuvens escondiam a Lua, em quarto crescente. O mar ondulava suavemente contra a proa. Eu estava na amurada, com Conseil a meu lado. A tripulação, no convés, examinava o horizonte. Às vezes o oceano brilhava com um débil raio de luar, para em seguida mergulhar nas sombras.

Percebi que Conseil, pela primeira vez, parecia participar do interesse geral.

— Vamos, Conseil — disse eu. — É a última oportunidade para você ganhar os dois mil dólares!

— Nunca contei com esse prêmio, senhor. É impossível encontrar tal monstro, porque ele não existe!

— Tem razão, Conseil. Quanto tempo perdido! Já podíamos estar na França!

— No museu! Eu o ajudaria a classificar os fósseis.

— E o pior é que ainda podem rir de nós! — comentei.

— Perdoe-me, senhor, mas sou obrigado a concordar. Creio que farão piada de sua pessoa.

— Que diz, Conseil?

— Quando se tem a honra de ser um sábio como o senhor, é preciso não se expor, porque...

Conseil não pôde terminar sua frase. Ned Land gritou:

— Olhem! É ele! Está à nossa frente!

6
A PERSEGUIÇÃO

Toda a tripulação se precipitou em direção a Ned Land. Comandante, oficiais, mestres, marinheiros, grumetes, maquinistas e foguistas. A fragata parou.

A escuridão era enorme. Por melhores que fossem os olhos do canadense, eu me perguntava como poderia ter enxergado alguma coisa. Meu coração batia tão forte que quase saía do peito.

Mas Ned Land não se enganara! Logo divisamos uma forma através do nevoeiro!

A dois décimos de milha da Abraham Lincoln, o mar parecia iluminado por baixo. Não se tratava de um simples fenômeno de fosforescência. O monstro emergira alguns palmos para a superfície. Projetava um brilho intenso, como o descrito nos relatórios de encontros anteriores. Possuía um foco luminoso no centro. Sua forma era oval e alongada.

— É um brilho de natureza elétrica! — exclamei. — Reparem. Move-se para frente e para trás. Vem em nossa direção.

Um grito se elevou da fragata.

— Silêncio! — disse o comandante Farragut. — Todo o timão a barlavento[22]! Máquina a ré!

O timoneiro correu para o leme. Os maquinistas voaram para as máquinas. Imediatamente, o navio foi invertido, descrevendo um semicírculo.

— Para frente! — ordenou o comandante.

A fragata começou a se afastar. Mas a criatura luminosa aproximou-se a uma velocidade duas vezes maior. Contornou a fragata. Envolveu-a com sua luz. Depois se afastou duas ou três milhas, deixando um rastro fosforescente. Pensei que fosse desaparecer no horizonte. Mas voltou em direção à Abraham Lincoln a uma velocidade inacreditável. Parou a uma pequena distância e... apagou-se! Como se a fonte de luz tivesse se esgotado. Em seguida, reapareceu. Mas do outro lado do navio,

[22] "Barlavento" é a direção de onde o vento sopra, e "sotavento" é a direção para onde o vento sopra.

como se houvesse passado por baixo do casco. A qualquer momento, poderia ocorrer uma colisão fatal!

A fragata fugia, não atacava. Ela, cuja missão seria perseguir, era agora a perseguida. Perguntei o motivo de tal atitude ao comandante Farragut. Sua expressão, em geral impassível, demonstrava uma enorme admiração.

— Senhor Aronnax, estamos diante de um ser formidável. Não quero arriscar minha fragata em plena escuridão! Vou esperar a luz do dia.

— Talvez ele não possa ser apanhado como pensamos.

— Trata-se evidentemente de um narval gigante. Mas de um narval elétrico. Sem dúvida é a criatura mais terrível do planeta!

A tripulação permaneceu acordada a noite toda. Sem condições de competir em velocidade, a fragata moderara a marcha. O narval, imitando o navio, balançava ao sabor das ondas. Parecia decidido a esperar pela luta.

À meia-noite aparentou desaparecer. Pouco antes da uma da manhã ouviu-se um chiado ensurdecedor, semelhante ao de uma coluna d'água lançada com extrema violência.

O comandante Farragut, Ned Land e eu observamos a escuridão.

— Ned Land, já ouviu as baleias? É esse o som que se ouve quando lançam água pelos orifícios? — quis saber o comandante.

— Esse som é muito mais forte! Mas só pode ser cetáceo. Com sua permissão, senhor, vou acabar com ele ao nascer do dia. Terei que me aproximar a uma distância suficiente para atirar o arpão.

— Para você chegar tão perto, terei que colocar uma baleeira[23] à sua disposição. Vou arriscar a vida dos meus homens!

— E a minha também, senhor comandante! Mas, se preferir, posso atirar o arpão da amurada — comentou Ned Land simplesmente.

Cerca de duas da manhã, o foco luminoso voltou a aparecer, com a mesma intensidade. Apesar de manter certa distância, e do ruído do vento e do mar, acreditei ouvir sua respiração ofegante, tamanha era a força com que aspirava o ar. Ficamos alertas até o amanhecer. As armas foram carregadas. Os engenhos de pesca, colocados ao longo da amurada. Ned Land afiava seu arpão.

Às seis horas, a luz do dia começou a surgir. O brilho elétrico do monstro desapareceu. Às sete, a manhã já estava suficiente-

[23] "Baleeira" é um barco pequeno, porém robusto e ágil, usado para aproximar ao máximo o arpoador da baleia.

mente clara. Mas a bruma espessa impedia a visão. O descontentamento foi geral. Às oito, o nevoeiro começou a se dissipar. O horizonte se alargou. Ouvimos, como na véspera, o grito de Ned Land.

— Está atrás, a bombordo!

Todos os olhares se voltaram nessa direção.

A uma milha e meia da fragata, um longo corpo escuro emergia um metro acima das ondas. Produzia um enorme redemoinho. Nunca vira nada atingir o mar com tamanha força!

A fragata aproximou-se. Examinei-o. Calculei seu comprimento em 250 pés[24]. Também era grande sua envergadura. Enquanto eu o observava, dois jatos de vapor e de água saíram de seus orifícios, subindo a uma altura de quarenta metros! Refleti sobre seu modo de respirar. "Só pode pertencer ao ramo dos vertebrados!" — concluí. O comandante ordenou ao maquinista-chefe:

— Force as fornalhas! A todo vapor!

A tripulação comemorou, ávida pelo combate. Impulsionada para a frente, a fraga-

[24] Duzentos e cinquenta pés equivalem a mais ou menos 75 metros.

ta navegou em linha reta em direção ao animal. Este pareceu indiferente. Deixou que ela se aproximasse. Quando estava perto, afastou-se, não deixando diminuir a distância. A perseguição prolongou-se por quarenta e cinco minutos. A fragata não conseguia aproximar-se!

O comandante Farragut torcia a barba de raiva.

— Ned Land! — gritou. — Ainda me aconselha a lançar a baleeira ao mar?

— Não, senhor — respondeu o arpoador. — O animal parece muito esperto. Fugiria da mesma maneira. O melhor é aumentar nossa velocidade até onde for possível. Quanto a mim, ficarei a postos. Se chegarmos à distância suficiente, atiro meu arpão!

O capitão concordou. As fornalhas foram superalimentadas. O navio tremia devido à força das caldeiras. O vapor chiava através das válvulas! Mas quanto mais a Abraham Lincoln aumentava a velocidade, mais a criatura corria.

Durante mais uma hora, a situação permaneceu a mesma. O comandante chamou o maquinista-chefe mais uma vez e pediu para aumentar a velocidade.

— Já atingimos o máximo de pressão! — respondeu o maquinista.

— Nesse caso, vá além do máximo! — exigiu o comandante.

Corríamos risco de explodir. A velocidade do navio aumentou, a tal ponto que os mastros estremeciam nas bases.

— Aumentem a força! — gritava o comandante.

Mas a criatura também aumentou a velocidade.

Que perseguição! Eu vibrava de emoção. Ned Land gritou várias vezes, com o arpão pronto para ser lançado.

— Já o apanhei! Já o apanhei!

Mas, no momento em que ia atirar, o cetáceo fugia a uma velocidade que não consigo calcular. E, para nos desafiar, deu uma volta em torno da fragata.

— Para o canhão! — gritou o comandante.

O canhão foi carregado. Miraram. Atiraram. A bala passou acima do monstro!

— Quinhentos dólares para quem atingir essa criatura infernal! — avisou o comandante.

Um velho artilheiro de barba grisalha, olhar calmo, fisionomia tranquila foi até o canhão e carregou-o. Mirou um bom tempo. Ouviu-se uma forte detonação.

A bala atingiu o alvo. Bateu na criatura. Para surpresa geral, escorregou em sua superfície arredondada. Afundou.

— Impossível! — exclamou o velho.

— Maldição! — gritou o comandante.

E continuou a perseguição.

— Vou capturar esse animal, nem que arrebente as máquinas do navio!

Esperávamos que a criatura se cansasse. Mas isso não aconteceu. As horas se passaram sem que desse qualquer sinal de exaustão.

A Abraham Lincoln lutou o dia todo. A noite caiu sem que sequer se aproximasse do monstro. Acreditei que nossa missão terminara. A misteriosa criatura fugira, certamente.

Estava enganado.

Às dez horas e cinquenta minutos reapareceu, luminosa como na noite anterior.

Parecia imóvel. Quem sabe, exausta? Até adormecida? O comandante tentou aproveitar a oportunidade. O navio aproximou-se lentamente. Ned Land ficou a postos, pronto para atirar o arpão.

Quando estava bem perto, a fragata parou. A tripulação ficou em silêncio, deslumbrada com a intensidade da luz emitida pela criatura. Ned Land ergueu o braço. Atirou o arpão. A arma pareceu atingir um corpo duro! Resvalou e caiu no mar.

O clarão elétrico apagou-se imediatamente. Duas enormes trombas-d'água atingiram o convés, derrubando os homens e quebrando alguns cabos dos mastros. A criatura movimentou-se.

Em seguida, houve um choque terrível. Fui atirado para cima da amurada. Sem tempo de me segurar, caí no mar!

7
LUTA PARA VIVER

Mergulhei profundamente. Sou um bom nadador. O susto não me fez perder a cabeça. Com vigorosos movimentos de pés, voltei à superfície. Procurei a fragata com os olhos. Teriam percebido minha queda? Devia esperar por salvação?

A escuridão era muito grande. Vi uma massa negra afastar-se. Era a fragata!

— Socorro! Socorro! — gritei, nadando desesperado.

A roupa me atrapalhava. Tentei me manter à tona. Mas comecei a afundar.

— Socorro! — gritei mais uma vez.

Foi meu último grito. Minha boca se encheu d'água. Lutei, lutei, arrastado para o fundo.

Subitamente, meu paletó foi agarrado por uma mão forte. Fui puxado para a superfície! Ouvi alguém falar no meu ouvido:

— Se o senhor aceitar o incômodo de se apoiar no meu ombro, nadará mais à vontade!

Era meu fiel criado, Conseil.

— É você! — disse, admirado. — Também caiu no mar?

— De maneira alguma. Mas como estou a seu serviço, era meu dever segui-lo!

— E a fragata?

— A fragata? É melhor o senhor não contar com ela. Quando me atirei ao mar, ouvi os marinheiros gritarem que o leme e a hélice estavam partidos — respondeu Conseil.

— Partidos?

— Pelos dentes do monstro, senhor! É um grande dano, pois não consegue mais manter a direção!

— Estamos perdidos! — gemi.

— Talvez, senhor. Mas temos algumas horas à nossa frente, e muita coisa pode acontecer nesse intervalo.

O sangue-frio de Conseil me deu novas forças. Sentia grande dificuldade em me manter à tona. O criado pegou a faca que sempre levava e, após pedir minha permissão, cortou minhas roupas. Em seguida, fez o mesmo com as dele. Assim, podíamos nadar com mais facilidade.

A situação era terrível. Minha esperança era que alguém da tripulação tivesse visto nossa queda e avisasse o comandante. Sem dúvida, ele enviaria um bote para nos salvar. Seria preciso resistir durante o maior tempo possível, na esperança de resgate. Resolvemos poupar nossas forças. Um flutuaria de costas, com pernas e braços abertos. O outro o puxaria, nadando. A cada dez minutos, os papéis se inverteriam. Teríamos de sobreviver até o nascer do sol, para sermos vistos pela equipe de salvamento.

A possibilidade de sobrevivermos era pequena. Mas, enquanto há vida, há esperança!

Cerca de duas horas depois, senti um extremo cansaço. Tive cãibras. Conseil me socorreu. Coube a ele nadar pelos dois. Logo ofegava. Sua respiração tornou-se curta e cansada. Não conseguiríamos resistir por muito mais tempo!

— Salve-se sozinho! — exigi.

— Prefiro me afogar com o senhor!

A Lua surgiu detrás das nuvens. Consegui ver a fragata ao longe. Não havia nenhum bote à nossa procura! Quis gritar, mas meus lábios inchados não deixavam passar nenhum som. Conseil gritou por nós dois:

— Socorro! Socorro!

Para minha própria surpresa, um grito respondeu ao nosso apelo! Conseil gritou novamente. Mais uma vez, uma voz respondeu. Quem poderia ser? Alguém mais caíra do navio? Ou algum bote nos procurava na escuridão?

Conseil fez um esforço para enxergar, enquanto eu sofria nova convulsão.

— Viu alguma coisa? — perguntei.

— Vi. Mas é melhor não falar agora. Vamos conservar nossas forças!

O que poderia ser? O rapaz continuava a me rebocar. Às vezes levantava a cabeça, olhava para frente e lançava um grito para se localizar. Uma voz cada vez mais próxima respondia. Eu mal os ouvia. Minhas forças estavam esgotadas. A boca enchia-se de água salgada. O frio envolvia meu corpo. Levantei a cabeça mais uma vez. E afundei.

No mesmo instante bati em um corpo duro. Agarrei-me a ele. Senti que me puxavam para a superfície. Estava sendo erguido para algum lugar! Perdi os sentidos.

Voltei a mim rapidamente, graças às fricções que faziam no meu corpo. Abri os olhos. Vi uma figura que, apesar da escuridão, consegui reconhecer.

— Ned!

— Em pessoa.

— Também caiu no mar?

— Sim, mas tive mais sorte, professor! Consegui subir em uma ilhota flutuante.

— Uma ilhota?

— Ou melhor, sobre o narval gigante!

— Não estou entendendo, Ned.

— Já descobri por que não consegui cravar meu arpão, e por que ele escorregou sobre sua superfície, senhor. O animal é feito de chapas de aço!

Aqui é preciso que eu retome meu raciocínio, reorganize minhas recordações, e controle com cuidado minhas próprias afirmações.

As palavras do canadense produziram uma confusão no meu cérebro. Levantei-me rapidamente. Estava de fato sobre um objeto semissubmerso. Era um corpo duro, impenetrável. Não parecia o corpo de algum grande mamífero marinho.

A estrutura sólida poderia ser uma carapaça óssea semelhante à de alguns animais antediluvianos[25]. Estaria pronto a classificar o monstro entre os répteis[26], como as tartarugas gigantes e os crocodilos.

Mas não! O dorso escuro sobre o qual eu me encontrava era liso e polido. Quando bati o pé, ouvi um som metálico. Por mais incrível que pareça, era feito de placas de aço! O monstro que aterrorizava os mares e intrigava

[25] "Antediluviano" é usado para indicar o que é muito antigo ou muito velho. No caso, o professor está se referindo aos grandes répteis que dominaram a Terra no período Jurássico.

[26] Os répteis são animais vertebrados, podem ser ovíparos ou ovovivíparos. Raras espécies são vivíparas. São animais pecilotermos, ou seja, sua temperatura corporal não é constante. Sua pele é geralmente escamada ou protegida por placas. Jacarés, tartarugas e cobras são alguns exemplos de répteis.

cientistas de todo o mundo era produzido por mãos humanas! Um ser fabuloso não teria me surpreendido tanto, pois acredito que o poder do Criador não tem limites! Mas como poderia ter sido construído pelo homem?!

Não havia dúvida. Estávamos estendidos sobre o dorso de uma espécie de barco capaz de navegar sob o mar. Sua forma era semelhante à de um peixe de aço!

— Nesse caso, o aparelho possui um mecanismo de locomoção, e tripulantes! — concluí.

— Sem dúvida — disse Ned Land. — Mas estou aqui há cerca de três horas e ainda não vi sinal de vida.

— Não se moveu?

— Não, senhor Aronnax. Deixa-se levar pelas ondas, mas não se mexe.

— Sabemos que é capaz de atingir grandes velocidades. Sem dúvida, em seu interior há um piloto! Estamos salvos!

— Hummm... será? — duvidou Ned Land.

Naquele momento, ouvimos um redemoinho na parte de trás do estranho aparelho. A propulsão era feita por uma hélice. Ele se moveu. Só tivemos tempo de nos agarrar na parte superior, que ficava cerca de oitenta centímetros acima d'água. Por sorte, sua velocidade não era muito grande.

— Se ele continuar a navegar horizontalmente — comentou Ned —, nada tenho a reclamar. Mas, se mergulhar, estamos perdidos!

Concordei. Era preciso nos comunicar com quem estivesse lá dentro. Procurei uma abertura, um painel, uma escotilha. Nesse instante a Lua desapareceu. Ficamos na mais completa escuridão. Resolvemos esperar pelo dia, para tentar entrar no barco submarino.

A nossa salvação dependia somente do capricho dos tripulantes. Se mergulhassem, estaríamos perdidos! Se isso não acontecesse, com certeza entraríamos em contato. Devia haver uma escotilha para a parte superior do casco.

Quanto à esperança de sermos salvos pelo comandante Farragut, já fora abandonada. Estávamos agora muito longe da fragata.

Cerca de quatro horas da manhã, a velocidade aumentou mais ainda. A espuma das águas nos chicoteava! Conseguimos nos segurar graças a uma espécie de anel fixado na parte superior das chapas, ao qual nos agarramos com todas as nossas forças.

Que noite demorada! Mas ao amanhecer começamos a submergir. Era o fim! Ned bateu com o pé no casco, aos berros:

— Parem! Com mil diabos!

Subitamente, o movimento de imersão parou.

Ouviu-se o som de ferragens puxadas com violência. Uma das placas foi levantada, revelando uma escotilha. Um homem apareceu. Ao nos ver, deu um grito. Voltou para dentro.

Alguns instantes depois vieram oito rapazes, com os rostos cobertos. Em silêncio absoluto, nos arrastaram para o interior do submarino.

8
MOBILIS IN MOBILE

Tudo ocorreu com a rapidez de um relâmpago! Meus companheiros e eu não tivemos tempo sequer para uma pergunta. Ao ver os mascarados, senti um calafrio. Com quem estávamos metidos? Talvez com um novo tipo de pirata!

Na mais completa escuridão, senti meus pés descalços pisarem sobre uma escada de ferro. Ned Land e Conseil seguiam-me. No fim da escada, ao fundo, abriu-se uma porta. Fomos empurrados para dentro. Em seguida, a porta foi trancada.

Estávamos sós. Onde? Impossível dizer. Tudo continuava escuro. Meus olhos não conseguiam enxergar coisa alguma. Furioso, Ned esbravejava:

— Com mil diabos! Que espécie de hospitalidade é essa?

— Acalme-se, amigo Ned! Não se irrite antes do tempo! — dizia Conseil.

— Estou pronto para me defender. Ainda tenho minha faca, que nunca me abandona! — gritou Ned.

Foi a minha vez de aconselhá-lo.

— Não se irrite, Ned. Sobretudo, não nos prejudique com ameaças inúteis. Quem sabe não estão nos ouvindo? O importante agora é saber onde estamos.

Caminhei. Apalpei as paredes. Após cinco passos, encontrei uma muralha de ferro, construída com chapas aparafusadas. Voltando para trás, bati numa mesa de madeira, junto à qual haviam sido colocados vários bancos. O chão estava coberto por linóleo, que abafava nossos passos. As paredes não possuíam sinais de portas ou janelas. Estávamos presos em uma espécie de cela!

Algum tempo depois, fomos ofuscados por um facho de luz. Fechei os olhos para me acostumar com a súbita claridade. Ao abri-los, descobri que a luz vinha de um globo suspenso no teto.

Examinei o lugar onde estávamos. Só tinha a mesa e cinco bancos. A porta pela qual entramos devia estar hermeticamente fechada. Confundia-se com as chapas das paredes. Não ouvíamos um ruído sequer! Nem sabíamos se estávamos abaixo ou acima da água.

Mas a luz não viera sem motivo. A porta se abriu. Surgiram dois homens.

Um era baixo, de constituição forte. Largo de ombros, robusto de membros, cabeça forte, cabeleira negra, bigode espesso, olhar vivo e penetrante. O segundo era claramente o capitão. Merece uma descrição mais detalhada. A um simples olhar, percebi suas qualidades: tinha confiança em si mesmo, refletida nos olhos negros, que nos observavam com segurança. Aparência calma. Certamente era corajoso. A respiração forte denunciava grande vitalidade. Era altivo. Tinha o olhar seguro e calmo. Parecia inteligente e firme. Tive certeza de que era franco. Sua presença me tranquilizou, mesmo sem que dissesse uma palavra!

Eu não saberia precisar sua idade. Era alto. A fronte larga. O nariz reto. A boca claramente desenhada. Dentes magníficos. Mãos finas, compridas. Enfim, tratava-se de um tipo admirável. Seus olhos, um pouco afastados um do outro, podiam abranger mais que os das pessoas comuns. (Mais tarde descobri que sua visão era ainda mais exata do que a de Ned Land.) Seu olhar parecia penetrar até a alma!

Os dois desconhecidos, com gorros de pele de lontra e calçados com botas de pele de foca, vestiam roupas de um tecido especial, que destacava o corte e facilitava os movimentos.

O mais alto dos dois, seguramente o capitão, examinou-nos atentamente, sem dizer uma palavra. Então se virou para o companheiro. Conversou em uma língua que não consegui reconhecer. Era um idioma harmonioso, em que as vogais pareciam estar sujeitas a uma acentuação muito variada.

O outro respondeu com uma inclinação de cabeça. Acrescentou duas ou três palavras absolutamente incompreensíveis. Depois me interrogou diretamente na língua desconhecida. Em bom francês, respondi que não compreendia uma palavra. A situação tornou-se embaraçosa.

— É melhor o senhor contar nossa história — disse Conseil —, quem sabe compreendam algumas palavras!

Relatei nossas aventuras, articulando claramente todas as sílabas e sem omitir um detalhe sequer. Indiquei nossos nomes e profissões. Apresentei-me formalmente como professor Aronnax, e também ao meu criado Conseil e mestre Ned Land, arpoador.

O homem de olhos calmos me ouviu tranquilamente, com extrema atenção. Mas nada em sua fisionomia indicou que me houvesse compreendido. Quando acabei, não disse uma única palavra!

Talvez fosse melhor falar em inglês. Quem sabe entendessem. Mas não falo essa língua tão bem quanto gostaria.

— É a sua vez, Ned! Como canadense, fala inglês correntemente.

Ned não hesitou. Fez o relato, com muita emoção. Lamentou-se por estar confinado. Perguntou em virtude de que lei o mantinham preso. Ameaçou processar judicialmente os responsáveis. Comoveu-se. Gesticulou. Gritou. Finalmente, mostrou por meio de gestos que morríamos de fome!

Mas o arpoador não pareceu ter sido mais bem compreendido. Conseil propôs:

— Vou contar tudo em alemão.

— Mas você sabe alemão, Conseil? Se sim, vá em frente!

Com voz tranquila, Conseil relatou nossas peripécias pela terceira vez. Aparentemente, também não foi compreendido.

Lembrei-me de meus primeiros estudos. Recorri ao latim. Mesmo falando horrivelmente, consegui chegar ao fim da história. Mais uma vez, o resultado foi negativo.

Os dois desconhecidos voltaram a conversar em sua língua incompreensível. Em seguida, retiraram-se. Sem um gesto para nos tranquilizar! A porta fechou-se.

— É uma infâmia! — esbravejou Ned Land. — Fala-se em francês, inglês, alemão e até latim. Ninguém tem a delicadeza de nos responder!

— Acalme-se, Ned. A cólera não nos levará a lugar algum — aconselhei.

— E se morrermos de fome, presos aqui?

— Ainda podemos aguentar muito tempo! — disse Conseil.

— Meus amigos, nada de desespero. Vamos esperar para ver o que acontece — concluí.

A porta abriu-se novamente. Um rapaz entrou. Trazia-nos roupas feitas de um tecido que eu não conhecia. Eu me vesti, aliviado. Meus amigos fizeram o mesmo. O rapaz cobriu a mesa com uma toalha e nela colocou três pratos protegidos por uma tampa de prata cada um.

— Bom sinal! — comemorou Conseil.

— Que vão nos servir? — irritou-se Ned. — Fígado de tartaruga?

Sentamos à mesa. Sem dúvida, estávamos nas mãos de gente muito civilizada. Para acompanhar a refeição, serviram apenas água, o que foi uma decepção para Ned Land. A comida era excelente. Reconheci vários tipos de peixe, preparados deliciosamente. Mas havia outros pratos excelentes, que eu jamais experimentara! Nem saberia dizer se pertenciam ao reino vegetal, mineral ou animal. Os talheres eram requintados. Em todos eles, havia uma divisa gravada, que reproduzo em seguida:

MOBILIS IN MOBILE

N

Móvel dentro do elemento móvel! O emblema aplicava-se perfeitamente ao submarino. A letra N era sem dúvida a inicial do nome do enigmático personagem que comandava o engenho!

Não comíamos havia quinze horas. Passáramos a noite lutando contra a morte. Assim que terminamos a refeição, veio o sono.

— Palavra de honra que seria capaz de dormir! — disse Conseil.

— Pois eu vou dormir agora mesmo! — completou Ned.

Ambos se deitaram no chão. Mergulharam em um sono profundo.

Senti mais dificuldade do que eles. As perguntas atormentavam meu espírito. Onde estaríamos? Que força movia o submarino? Finalmente, senti uma sonolência. Adormeci!

9

PRISIONEIROS

Devo ter dormido bastante tempo. Acordei descansado. Meus companheiros continuavam inertes em seus cantos. Voltei a examinar cada canto de nossa cela. Continuava absolutamente igual. "Pretendem nos manter aqui para sempre?", perguntei-me.

Sentia um peso no peito. Com certeza, já consumíramos boa parte do oxigênio do compartimento. Carregado de gás carbônico[27], o ar tornava-se irrespirável. A renovação da atmosfera tornava-se urgente. Sem dúvida, todo o submarino também precisava de ar puro. "Como será feita a renovação do ar?", pensei.

[27] Quando inspiramos o ar, enchemos os pulmões com uma mistura de gases. O mais importante deles é o oxigênio, sem o qual é impossível viver. Quando expiramos, grande parte do que sai dos nossos pulmões é gás carbônico, que é o resultado de várias reações químicas que ocorrem no nosso organismo. Em concentrações elevadas, o gás carbônico é tóxico.

Poderia ser por meio de um processo químico. Ou o ar seria armazenado sob grande pressão em algum reservatório? Também seria possível que a cada vinte e quatro horas o submarino voltasse à tona, renovando sua atmosfera.

Já estava ofegante quando senti uma corrente de ar puro! Era a brisa do mar! A embarcação certamente voltara à superfície do oceano, para ali respirar à maneira das baleias. O sistema de ventilação só podia ser esse! Por isso, a bordo da fragata, eu tivera a impressão de ouvir o "monstro" respirar!

Ned Land e Conseil despertaram.

— O senhor dormiu bem? — perguntou Conseil.

— Muito bem. E quanto a você, mestre arpoador?

— Profundamente, senhor professor! Não está na hora do jantar?

— Talvez do almoço. Certamente estamos no dia seguinte ao de ontem!

— Almoço ou jantar, estou morrendo de fome! E a refeição?

Tentei aconselhá-lo:

— Ned, o pessoal de bordo deve seguir algum regulamento que não conhecemos ainda. Temos que descobrir como funciona. O importante é não causar brigas!

— Fique sabendo, professor Aronnax, que se esses piratas pensam que vão nos manter presos nesta gaiola, estão muito enganados! Tem ideia do que está acontecendo?

Resolvi contar minha principal suposição.

— O acaso nos tornou donos de um importante segredo. Até hoje ninguém conseguiu construir um submarino. Tanto que diante dos ataques só se falava em um monstro. Agora sabemos a verdade! Talvez queiram guardar segredo sobre o submarino! Temos que esperar e agir de acordo com as circunstâncias!

— Senhor professor, temos que fugir! — respondeu Ned Land.

— Mestre arpoador, fugir de uma prisão em terra firme já é bem difícil. Muito mais no fundo do mar!

Ned Land se calou. Era impossível sair de onde estávamos, mesmo que conseguíssemos encontrar a porta e abri-la! Ele pensou mais um pouco.

— Neste caso, vamos tomar o submarino. Expulsar nossos carcereiros e assumir o comando!

— Impossível! — respondi.

— A tripulação não deve ser muito grande. Somos três. Vamos ver se dão conta da gente!

Contentei-me em responder:

— Contenha sua impaciência, mestre Land! Prometa acertar a situação sem se deixar levar pela raiva!

— Da minha boca não sairá nem uma palavra violenta.

— Conto com sua palavra! — afirmei.

Ficamos em silêncio. Eu não estava muito otimista com a nossa situação. Não conseguia adivinhar o plano do comandante. Pretendia livrar-se de nós com violência? Ou nos deixaria em algum canto desconhecido da terra, de onde jamais pudéssemos sair para contar seu segredo?

O temperamento de Ned Land também me preocupava. Ele parecia cada vez mais furioso. Praguejava em voz baixa. Andava pelo compartimento onde estávamos como um animal selvagem. Para piorar, nossa fome aumentava, o que o tornava ainda mais irritável. Poderia explodir se surgisse alguém do pessoal de bordo.

Durante as duas horas seguintes, a cólera do canadense aumentou. Gritava, chamava, mas tudo em vão. Continuávamos no mais absoluto silêncio. Não ouvíamos sequer o ruído da hélice. O submarino não se movia, mergulhado nas profundezas dos mares.

Eu não me atrevia a imaginar o futuro. Minhas esperanças, surgidas depois do nosso encontro com o comandante, dissipavam-se. E se fosse um homem impiedoso e cruel? Quem sabe se nos deixaria morrer de fome nessa estreita prisão?

Ouvimos um ruído. Soaram passos. A porta abriu-se. O rapaz do dia anterior apareceu.

Antes que eu pudesse fazer um movimento para impedi-lo, Ned Land jogou-se sobre ele. Atirou-o no chão. Apertou sua garganta. O rapaz sufocava. Conseil tentou puxar as mãos do arpoador. Eu já ia entrar na luta. Mas fiquei paralisado ao ouvir uma voz em francês:

— Acalme-se, mestre Land. Senhor professor, escute-me, por gentileza!

10
O HOMEM DAS ÁGUAS

Era o comandante!

Ned Land levantou-se. O jovem marinheiro, quase estrangulado, saiu cambaleante. O comandante manteve-se impassível, mas com certeza estava ressentido com o ataque. Conseil permaneceu em silêncio, embora visivelmente interessado. O comandante nos observava com profunda atenção. Afinal, falou com voz calma e penetrante:

— Meus senhores, falo tanto francês quanto inglês, alemão e latim. Só não conversei em nosso primeiro encontro porque queria conhecê-los melhor. E também refletir sobre a situação. Pelo seu relato, sei que estou diante do professor Pierre Aronnax, de História Natural no Museu de Paris. E também de Conseil, seu criado, e do canadense Ned Land, arpoador a bordo da fragata Abraham Lincoln, da Marinha Nacional dos Estados Unidos da América.

Confirmei com um gesto. Ele falava sem sotaque. Mas não achei que fosse francês como eu. Continuou nestes termos:

— Demorei a voltar porque quis refletir sobre a melhor atitude a tomar. Hesitei muito. As circunstâncias os colocaram diante de um homem que rompeu com a humanidade. Vieram perturbar minha existência!

— Involuntariamente! — atalhei.

— Involuntariamente?! — exclamou o desconhecido. — Foi involuntariamente que a Abraham Lincoln me perseguiu? Também foi involuntariamente que embarcaram na fragata? Que o canhão atirou no meu navio? Ou que Ned Land me atacou com seu arpão?

Era óbvia sua irritação. Mas eu tinha resposta também óbvia.

— Senhor! — disse eu. — Talvez não saiba as discussões que provocou na América e na Europa. Os acidentes provocados pelos encontros entre alguns navios e seu submarino atiçaram a opinião pública. Ao persegui-lo nos mares do Pacífico, a Abraham Lincoln supunha caçar um monstro marinho!

O comandante sorriu levemente. Em seguida continuou, mais calmo:

— Senhor Aronnax, seria capaz de afirmar que sua fragata não teria atacado um submarino com a mesma violência com que teria atacado um monstro?

A pergunta me embaraçou. O capitão Farragut não teria hesitado em destruir um engenho desconhecido. O desconhecido compreendeu meu silêncio.

— Portanto, tenho direito de tratá-los como inimigos — continuou.

Não respondi. Ele continuou:

— Hesitei bastante. Nada me obrigava a lhes oferecer hospitalidade. Bastava colocá-los na plataforma superior e mergulhar em seguida. Seria meu direito!

— Não é assim que age um homem civilizado! — ponderei.

— Senhor professor — prosseguiu ele. — Não sou o que se chama de um homem civilizado. Rompi com toda a sociedade, por razões que só eu posso avaliar. Não obedeço às regras de um mundo em que não acredito!

A cólera iluminava seus olhos. Havia um mistério em seu passado. Colocara-se fora das leis humanas! Mais que isso, independentemente de toda a civilização. Quem o perseguiria nos fundos dos mares? Não conseguiam caçá-lo sequer na superfície! Era absoluto senhor de seu próprio destino. E agora, também do nosso.

O estranho personagem se calou. Olhei para ele com receio, mas também com curiosidade. Depois de um longo silêncio, ele voltou a falar:

— Hesitei, sim, hesitei! Finalmente, concluí que meus interesses poderiam se conciliar com a solidariedade a que todo ser humano tem direito. Ficarão a bordo, já que a fatalidade os colocou aqui. Aqui dentro serão livres. Mas, em troca dessa relativa liberdade, imponho uma única condição. Preciso que me deem sua palavra concordando.

— Diga qual é.

— É possível que alguns conhecimentos imprevistos me obriguem a trancá-los em seus camarotes por algumas horas, ou até mesmo dias, dependendo de cada caso. Podem ocorrer situações que não devem testemunhar. Exijo obediência sem restrições. Aceitam?

— Aceitamos — respondi. — Mas peço licença para fazer uma pergunta.

— Qual é?

— Estaremos livres a bordo?

— Completamente.

— O que entende por liberdade?

— A liberdade de ir, vir, ver, observar tudo o que aqui acontece. A mesma que eu e todos os meus companheiros possuímos. A não ser, como eu disse, em algumas circunstâncias que podem ocorrer.

— Ficaremos aqui para sempre? Devemos renunciar a nossa pátria, nossos parentes e amigos?

— Sim, senhor professor. Mas não será tão intolerável quanto pensa. Quando estiver livre da sociedade, será mais feliz!

— Nunca prometerei que não tentarei fugir! — afirmou Ned Land.

— Não peço sua palavra, mestre Land.

— É crueldade nos manter presos! — reagi.

— Pelo contrário. É generosidade. Poderia abandoná-los nos abismos do oceano! São testemunhas do segredo da minha existência. Viram meu submarino. Se eu os mantenho presos, é para proteger meu segredo!

Não havia argumento possível.

— Se a questão é colocada dessa maneira, nada temos a responder — disse eu. — Mas não mentirei. Saiba o senhor que tentaremos fugir.

— Será impossível — avisou o desconhecido.

Em seguida concluiu, em tom mais suave:

— Vou terminar o que tenho a dizer. Eu já conheço sua fama, senhor Aronnax. Entre minhas obras favoritas, está a que publicou sobre o fundo do mar. Aqui poderá continuar suas pesquisas. Tenho uma boa biblioteca a bordo. Poderá avançar muito mais em seus conhecimentos. Irá viajar pelo fundo do mar. Vou dar a volta ao mundo embaixo das águas! O senhor será meu companheiro de estudos. Verá o que homem nenhum nunca viu! O nosso planeta lhe desvendará seus últimos segredos.

Confesso que me entusiasmei. Até esqueci a perda da liberdade! Respondi:

— Senhor, pode ter se afastado da humanidade, mas não perdeu os sentimentos. Estamos sendo salvos pela sua hospitalidade e não esqueceremos! Vejo também que nosso encontro me trará grandes satisfações!

Fiz mais uma pergunta:

— Uma última palavra. Como devemos chamá-lo?

— Pode me chamar de capitão Nemo. De agora em diante, os tratarei como passageiros do Nautilus.

O capitão Nemo chamou um tripulante e lhe falou na língua estranha que mais uma vez não consegui identificar. Voltou-se para Conseil e Ned Land.

— Mandei servir uma refeição na cabine que destinei aos dois. Sigam esse homem, por gentileza.

O arpoador comemorou com uma exclamação. Juntamente com Conseil, seguiu o marinheiro.

— E agora, senhor Aronnax, venha me fazer companhia no almoço.

— Será um prazer!

Segui o capitão Nemo. Atravessamos um corredor iluminado com lâmpadas, como as dos navios. Depois de aproximadamente dez metros, uma porta abriu-se à nossa frente.

Entramos em uma sala de jantar mobiliada com gosto severo. Altos armários de ébano elevavam-se em suas extremidades. Dentro deles, havia porcelanas e cristais de valor inestimável.

No centro havia uma mesa ricamente servida. O capitão Nemo sentou-se à cabeceira. Convidou-me.

— Acomode-se! Desfrute a refeição! Deve estar morrendo de fome!

O cardápio compunha-se de peixes e crustáceos e também de outros pratos muito saborosos, que novamente não soube identificar.

O capitão Nemo adivinhou meus pensamentos.

— A maioria desses pratos é desconhecida para o senhor — explicou. — Mas pode servir-se sem receio. São saudáveis. Há muito tempo renunciei aos alimentos fornecidos pela terra. E não me sinto mal. A minha tripulação é forte, e se alimenta da mesma maneira.

— Todos esses alimentos são produzidos pelo mar?

— Sim, senhor professor. O mar provê todas as minhas necessidades. Se lanço redes, voltam cheias. Muitas vezes vou caçar nas florestas submarinas. É como se fosse uma propriedade sem limites, que só a mim pertence!

Mostrei alguns pedaços de carne em um prato.

— Não se trata de um animal terrestre?

— É o lombo de uma tartaruga-do-mar. Isto aqui é o fígado de um delfim. O meu cozinheiro é excelente. Prove! O creme de leite foi fornecido pelas mamas de uma baleia. O açúcar, pelas grandes algas do mar do Norte. Experimente também as compotas de anêmonas[28], melhores que a dos mais saborosos frutos!

Provei, mais por curiosidade do que por gula. Eram pratos exóticos, mas saborosos.

— O mar é inesgotável. Não só me alimenta, mas me veste — continuou o capitão. — Os tecidos são produzidos com o bisso[29] de certas conchas. Tingidos com a púrpura dos antigos[30]. A cor violeta eu extraio das aplísias[31] do Mediterrâneo. Os perfumes que encontrará no quarto de banho de sua cabine são produto da destilação das plantas marinhas. A sua pena será uma barba de baleia[32] e usará a tinta segregada pelos polvos! Tudo vem do mar!

— Vejo o quanto gosta do mar, capitão!

— Eu amo o mar! O mar é tudo! Cobre boa parte do globo terrestre! Seu ar é puro e sadio. É um imenso deserto onde o homem nunca está só, pois há vida por todos os lados. A natureza se manifesta no mar por meio dos três reinos: mineral, vegetal e animal. Este último está largamente representado nas águas! O mar é um imenso reservatório de vida! Foi nele que a vida começou. Quem sabe, nele não

[28] "Anêmonas" são animais marinhos, invertebrados, que vivem presos em rochas no fundo do mar.

[29] "Bisso" é uma secreção que alguns moluscos expelem. Em contato com a água, o bisso se solidifica e fixa a concha ao seu substrato.

[30] Os mais famosos tecidos púrpura da Antiguidade vinham de Cartago e de Tiro. O pigmento para fazer o "púrpura de Tiro" era retirado do muco produzido pelo *Murex brandaris*, um molusco abundante no Mediterrâneo. Segundo a mitologia grega, Hércules descobriu esse pigmento ao observar o focinho de seu cachorro. Depois de brincar com os moluscos, estava púrpura!

[31] "Aplísia" é um molusco capaz de movimentos natatórios e que secreta tinta púrpura para confundir seus predadores e fugir.

[32] As "barbas de baleia" são cerdas de queratina presentes na mandíbula de algumas espécies de baleia.

acabará. O mar não pertence a presidentes, a reis ou a tiranos. Na superfície, ainda podem ocorrer combates. Mas, no fundo, não há guerras! Aqui não existe propriedade privada. Aqui eu sou livre!

O capitão Nemo calou-se subitamente em meio ao entusiasmo. Finalmente acalmou-se. Retomou a expressão tranquila. E me convidou:

— Se quiser visitar o Nautilus, estou a seu dispor, professor Aronnax.

11
O Nautilus

O capitão Nemo levantou-se. Eu o segui. Na parte de trás da sala abriu-se uma porta dupla. Entrei em um novo compartimento. Era uma biblioteca. Estantes escuras repletas de livros cobriam as paredes. Escrivaninhas e sofás de couro castanho estavam à disposição para estudos e leituras. No centro havia uma mesa coberta por jornais. Quatro globos iluminavam o aposento. Observei tudo, admirado.

— Capitão Nemo — disse eu —, esta biblioteca poderia estar em um palácio!

— Tenho doze mil livros! São os únicos laços que me ligam ao mundo da superfície! O restante acabou para mim no dia em que o Nautilus mergulhou nas águas pela primeira vez. Estes livros, professor, estão à sua disposição!

Agradeci. Examinei a biblioteca. Não faltavam livros de ciência, moral e literatura. Mas não vi nenhum de política. Encontrei obras-primas dos mestres antigos e modernos. Agradeci pelo oferecimento com entusiasmo:

— Vou aproveitar bastante! Possui tesouros da ciência!

Em seguida o capitão abriu outra porta. Entramos em um salão esplendidamente iluminado. Era um museu, repleto de tesouros da natureza e da arte!

Cerca de trinta quadros de mestres ornamentavam as paredes, também cobertas por tapeçarias. Vi telas de altíssimo valor, como uma madona de Rafael[33], uma virgem de Leonardo da Vinci[34] e um monge de Velásquez[35], entre outros. Havia também grandes obras modernas e esculturas em bronze! E partituras antigas, colocadas sobre um piano, de grandes

[33] O italiano Rafael Sanzio de Urbino (1483-1520) foi um pintor renascentista. Dentre suas obras mais conhecidas estão *A Escola de Atenas* e *A Sagrada Família*.

[34] O italiano Leonardo da Vinci (1452-1519) foi pintor, escultor, arquiteto, engenheiro etc. Entre suas obras mais famosas estão *Monalisa* e *Homem Vitruviano*.

[35] O sevilhano Diego Rodríguez de Silva y Velázquez (1599-1660) é considerado um dos grandes pintores do barroco espanhol. Entre suas obras mais significativas estão *As Meninas* e *As Fiandeiras*.

compositores como Mozart[36] e Beethoven[37]. Tudo disposto com uma certa desordem, que dava mais a impressão de um ateliê do que de um museu.

— O senhor, capitão, é um artista? — perguntei.

— Em outros tempos, colecionava as belas obras criadas pela mão do homem. Reuni algumas muito valiosas. São minhas recordações de um mundo que morreu para mim.

Em seguida encarou-me com intensidade:

— Não foi somente o mundo que morreu para mim, professor. Eu estou morto! Tão morto quanto aqueles que estão embaixo da terra!

Calou-se. Novamente assumiu a expressão de quem estava perdido nos seus pensamentos. Esqueceu minha presença. Respeitei sua necessidade de silêncio. Continuei a admirar o salão.

Depois das obras de arte, as raridades naturais ocupavam um espaço importante.

[36] O austríaco Wolfgang Amadeus Mozart (1756-1791) compôs sinfonias, concertos, missas, óperas etc. Entre as óperas mais famosas estão *As Bodas de Fígaro* e *Flauta Mágica*.

[37] O alemão Ludwig van Beethoven (1770-1827) escreveu concertos, sinfonias, sonatas etc. Sua mais famosa sinfonia é a nona.

Eram plantas, conchas e outros produtos do oceano. No centro, um jato d'água iluminado caía numa concha gigantesca. Ao seu redor, em elegantes vitrines, viam-se, classificados e etiquetados, os mais valiosos espécimes do mar já vistos por um naturalista. Como professor e estudioso, pode-se imaginar meu entusiasmo!

Havia de tudo. Moluscos de todas as regiões do globo, estrelas-do-mar, esponjas, ouriços, conchas! Em vitrines, admirei pérolas de beleza inigualável. Algumas maiores do que um ovo de pomba. Mais valiosas do que as de todos os príncipes da Terra!

O capitão Nemo me interrompeu:

— Examina minhas pérolas, professor? Para mim possuem um encanto especial. Eu as recolhi com minhas mãos. Não existe mar no mundo que eu ainda não tenha explorado!

— Não são só as pérolas que admiro, capitão. Tudo aqui é surpreendente! Nenhum museu da Europa possui coleção semelhante! — exclamei. — Mas também estou fascinado pelo engenho que o senhor construiu, capaz de navegar embaixo das águas! Não quero que me conte seus segredos! Mas o Nautilus desafia a minha curiosidade!

— Senhor Aronnax, já afirmei que é livre a bordo. Pode visitar o Nautilus quanto quiser. Terei prazer em ser seu guia! Mas venha, quero levá-lo a seu camarote. Desejo que fique bem instalado!

Segui o capitão Nemo. Atravessei novamente os corredores do submarino. Levou-me a um quarto elegante, muito bem mobiliado.

Agradeci. Ele me explicou:

— O seu quarto fica ao lado do meu, professor. E o meu dá para o salão que acabamos de deixar.

Convidado por ele, entrei em seu camarote. Tinha um aspecto severo: uma cama de ferro, mesa de trabalho, só os móveis essenciais. Indicou-me uma cadeira.

— Sente-se, por gentileza.

Sentei-me. Ele me explicou como funcionava o Nautilus.

12
ELETRICIDADE

O capitão Nemo indicou-me os instrumentos suspensos na parede de seu camarote.

— Aqui estão os instrumentos de navegação de meu submarino. São idênticos aos que estão no salão. Quero tê-los sempre diante dos meus olhos. Indicam minha posição exata no oceano. Temos o termômetro, que dá a temperatura exata aqui dentro. O barômetro indica o peso do ar e prevê as mudanças de tempo. O higrômetro, que mede o grau de umidade da atmosfera. O *stormglass*, que possui uma mistura em seu interior. Ao decompor-se, a mistura anuncia as tempestades. A bússola orienta minha rota. O sextante, através da altura do Sol, indica a latitude. Os cronômetros permitem calcular a longitude. Por fim, as lunetas para dia e para noite, com as quais, quando estamos na superfície, examino o horizonte.

— E estes outros? São uma nova espécie de sonda?

— São sondas termométricas, que dão a temperatura das diversas camadas da água.

— Não consigo identificar estes outros instrumentos.

— São aparelhos movidos a eletricidade. A alma de todos os meus aparelhos mecânicos é a eletricidade, professor.

— A eletricidade? — estranhei. — Mas o Nautilus é extremamente rápido. Até onde eu sei, a eletricidade tem uso limitado[38].

— Senhor professor, o tipo de eletricidade que eu uso não é a conhecida. Não posso dizer mais nada a respeito.

— Não vou insistir, embora continue muito admirado. Só me responda uma pergunta. Como produz eletricidade?

— Meios não me faltam. Existem minas de zinco, ferro, prata e ouro no fundo do mar. Também poderia estabelecer um circuito com fios mergulhados em diferentes profundidades. Mas tenho um sistema mais prático.

— Qual?

[38] A eletricidade e os fenômenos a ela relacionados são objetos de estudos desde a Antiguidade. Entretanto, o seu uso como força motriz em escala industrial é bastante recente. Para se ter uma ideia, Thomas Edison patenteou a primeira lâmpada comercializável apenas em 1879 (portanto, nove anos depois da publicação de *Vinte mil léguas submarinas*!). A iluminação pública alimentada por eletricidade surgiu, em São Paulo, em 1891.

— Uso o cloreto de sódio[39] retirado da água do mar. Misturo com mercúrio, que é um elemento que não se consome. As pilhas de sódio possuem uma força eletromotriz muito maior do que as já conhecidas. Mas, professor, irá ver-me trabalhar. Só lhe peço um pouco de paciência. Lembre-se: devo tudo ao oceano. Ele produz a eletricidade, e esta nos dá calor, luz, movimento! Enfim, vida!

— E o ar?

— Subo à superfície quando quero. Armazeno o ar em reservatórios para sobrevivermos no fundo do mar!

— É admirável, capitão! Imagino que um dia a eletricidade vai substituir o vento, a água e o vapor[40]!

— Quem sabe? Vamos continuar a visita? — propôs o capitão.

Novamente segui o capitão Nemo. Fomos até o centro. Ali havia uma espécie de poço aberto entre duas divisórias estanques. Uma escada de ferro cravada na parede levava à extremidade superior. Perguntei ao capitão para que servia.

[39] O cloreto de sódio (NaCl) é o sal de cozinha, abundante na água do mar.

[40] De fato, pouco tempo depois de Júlio Verne escrever esse parágrafo, o vento e o vapor foram substituídos, mas pela energia altamente poluidora do petróleo. O interesse geral por formas de energia mais limpa e renovável aumentou muito recentemente, somente depois que a humanidade se convenceu de que o uso dos combustíveis fósseis causa o aquecimento global.

— Leva até o barco — respondeu.

— Tem um barco? — espantei-me.

— Sim, um pequeno barco com vela e remos, para os passeios e a pesca.

— Mas então o submarino volta sempre à superfície?

— Não. O barco fica preso dentro de um compartimento no casco superior do Nautilus. Esta escada nos leva a uma escotilha absolutamente estanque, que dá para outra aberta no casco. Entramos por uma, fechamos e depois abrimos a outra, para não inundar o submarino. Depois, só é preciso liberar o barco! Levanto o mastro, iço a vela, e navego!

— Como volta a bordo?

— Eu não volto, senhor Aronnax. É o Nautilus que vem até mim. Envio um sinal e ele vem me resgatar.

Passamos por um camarote de dois metros de comprimento, onde Ned Land e Conseil, servidos com uma boa refeição, davam trabalho a seus dentes. Depois, abriu-se uma porta para a cozinha. Ali a eletricidade resolvia todos os problemas relativos à preparação de refeições. Aquecia também aparelhos de destilação que transformavam a água do mar em potável. Havia também um quarto de banho, com água tanto fria quanto quente.

Em seguida vinha o posto de comando, com cerca de cinco metros. Mas não pude ver seu equipamento, porque a porta estava fechada. Ao fundo, havia uma quarta parede divisória, estanque.

E depois a casa de máquinas. Entrei em um compartimento onde o capitão Nemo — sem dúvida um engenheiro de extraordinário talento — dispusera os aparelhos de navegação.

A casa de máquinas era dividida em duas partes. Na primeira, estavam os elementos que produziam a eletricidade. Na segunda, o mecanismo que transmitia o movimento à hélice. Eu examinava as máquinas com grande interesse. Apesar de todas as explicações do capitão, percebi que havia uma série de pontos que eu não compreendia. Como a eletricidade podia adquirir tanta potência? Como funcionava o sistema de navegação?

— Já constatei a velocidade do Nautilus quando foi perseguido pela Abraham Lincoln. Mas não basta ter velocidade. É preciso manobrá-lo! E mais: como suporta a pressão de grandes profundidades? Como retorna à superfície? Como vai para cima, para baixo, direita e esquerda? Estou sendo indiscreto ao fazer tantas perguntas?

Após uma pequena hesitação, o capitão respondeu:

— De maneira alguma, professor. Venha ao salão, que é também meu gabinete de trabalho. Explicarei o que quiser. Já que nunca mais deixará este submarino, não importa o quanto saiba!

13
UMA IMENSA FORTUNA

Alguns instantes depois, estávamos sentados em um divã do salão. O capitão abriu uma planta com os planos, o perfil e a altura do Nautilus. Depois começou a explicar.

— Aqui estão as dimensões, senhor Aronnax. Como pode ver, o engenho tem a forma de um cilindro alongado com extremidades cônicas. Seu comprimento total é de setenta metros e a largura, na parte mais ampla, de oito metros. Assim, a água deslocada escapa facilmente, não criando nenhum impedimento à nossa marcha. Quando projetei o submarino, criei dois cascos. Um exterior e outro interior, unidos entre si por ferros em forma de T, que garantem sua rigidez. Sua armação não pode ceder. É destinada a enfrentar os mares mais turbulentos!

— Entendo — respondi. — Mas como desce às profundezas e volta à superfície?

— Por meio de um sistema de lastros de água. Quando os reservatórios estão cheios, afunda. Quando eu os esvazio, o Nautilus ganha capacidade de flutuação. Mas só consigo fazer isso graças à eletricidade, que mantém as bombas em constante funcionamento. Em profundidades maiores, realizo outras manobras.

— Quais, capitão?

— Para dirigir o Nautilus uso um leme semelhante ao de um navio comum. Se vou para baixo e para cima, uso planos que se inclinam, ou que apontam para o alto. Sob o impulso da hélice, posso mergulhar ou subir em diagonal.

— Como o timoneiro segue a rota?

— Ele fica numa espécie de cabine envidraçada, saliente, na parte superior do casco.

— Vidros? Mas como resistem a tanta pressão?

— O vidro é capaz de oferecer uma resistência excepcional. Uso vidros com vinte e um centímetros de espessura no centro!

— Consegue enxergar nas trevas do fundo do mar?

— Há um farol no casco, que ilumina o mar a longa distância.

— Ah! Agora consigo explicar a fosforescência do "monstro" que perseguíamos!

Pensei um pouco e perguntei.

— Capitão, queria saber se o acidente com o Scotia foi fruto do acaso.

— Sem dúvida! Navegava a dois metros da superfície quando ocorreu o choque. Aliás, verifiquei que não houve nenhuma catástrofe.

— E o encontro com a Abraham Lincoln?

— Estavam me atacando! Tive que me defender! Mas somente coloquei a fragata fora de combate. Será consertada no primeiro porto!

Exclamei, sem me conter:

— Senhor capitão, o Nautilus é realmente maravilhoso!

— Sim, professor. Eu amo este submarino como se fosse carne da minha carne! Se há tanto temor em atravessar os mares nos navios a vapor, no Nautilus a segurança é absoluta. Não há nada a recear. O duplo casco possui a rigidez do aço. Não há velas que o vento possa rasgar! Não há incêndio a temer! Não há carvão que se esgote, pois se move a eletricidade! Não há encontros perigosos, pois embaixo das águas a navegação é tranquila. Acredito que compreende meu sentimento. Aqui eu sou capitão, construtor e engenheiro!

O capitão Nemo falava arrebatado pela emoção. Sim, ele amava o Nautilus como um pai ama o filho!

Fiz uma pergunta:

— O senhor é engenheiro?

— Sim. Estudei em Londres, Paris e Nova York.

— Como pôde construir um engenho como este em segredo?

— Cada uma das partes veio de um lugar diferente do globo, e sempre com um motivo disfarçado. Os diferentes construtores recebiam somente partes do projeto, sempre com uma explicação diferente.

— E para montá-lo?

— Instalei minhas oficinas em uma ilha deserta, em pleno oceano. Meus bravos companheiros, a quem instruí e formei, ajudaram-me a construir o Nautilus. Depois, incendiei o local para não deixar vestígios.

— Posso imaginar que tudo custou muito caro!

— Senhor Aronnax, uma fortuna. Se considerarmos a mobília e as obras de arte, uma fortuna ainda maior!

— Então é um homem muito rico!

— Infinitamente rico, senhor professor. Sozinho, eu poderia pagar a dívida de um país!

Olhei fixamente para o personagem que me falava dessa maneira. Seria verdade? Somente o futuro poderia me dizer.

14
A CORRENTE NEGRA

As águas ocupam a maior parte da superfície do planeta[41] e estão divididas em cinco grandes partes: o Glacial Ártico, o Glacial Antártico, o Índico, o Atlântico e o Pacífico.

[41] No nosso planeta, a água ocupa cerca de 2/3 da superfície.

O oceano Pacífico é, como o próprio nome indica, o mais tranquilo dos mares. As correntes são largas e lentas, as marés pequenas, as chuvas abundantes. Era esse oceano que agora eu percorria a bordo do Nautilus.

— Senhor professor, vamos determinar a nossa posição e fixar o ponto de partida dessa viagem. Vamos para a superfície!

Por meio de uma série de operações, o Nautilus iniciou o movimento de subida. Finalmente, emergiu. Subi a escada de metal que levava à parte superior. A escotilha fora aberta! Havia uma plataforma a cerca de oitenta centímetros acima da água. Observei a forma alongada do submarino, que o tornava semelhante a um charuto. Reparei que suas chapas de aço, levemente sobrepostas, se pareciam com escamas que cobrem o corpo dos grandes répteis. Compreendi por que, aos olhos da tripulação de um navio comum, era confundido com um monstro marinho!

O mar estava magnífico. O céu, azul. Uma brisa ligeira ondulava a superfície das águas. O horizonte permitia as melhores observações. Nada se via. Apenas a imensidão deserta.

O capitão Nemo calculou nossa posição. Concluiu estarmos a trezentas milhas da costa do Japão. Voltamos ao interior do submarino.

— Hoje, dia oito de novembro, começamos nossa expedição sob as águas! — anunciou. — Vamos navegar a cinquenta metros de profundidade! Fique à vontade, professor. Agora, preciso me retirar.

Permaneci sozinho, imerso nos meus pensamentos. O capitão Nemo era um homem muito misterioso! Imaginei se algum dia eu descobriria seu país de origem. E o motivo do ódio contra a humanidade. O que o teria magoado tanto?

Sua atitude para comigo também me deixava curioso. Minha vida estava em suas mãos. Verdade seja dita, ele me acolhera como a um hóspede. Mas não retribuíra meu aperto de mão, nas vezes em que estendi a minha. Também não me oferecera a sua.

Meus olhos fixaram-se no planisfério[42]. Coloquei o dedo sobre o ponto onde se cruzavam a latitude e a longitude calculadas pelo capitão. Era onde estávamos naquele momento!

O mar tem seus rios, tal como os continentes. São as correntes[43], identificadas pela temperatura e pela cor. Existem cinco principais: uma no Atlântico Norte, outra no Atlântico Sul, uma terceira no Pacífico Norte, a quarta no Pacífico Sul e uma quinta no Índico Sul. No ponto onde se encontrava, o Nautilus passava justamente pela corrente Negra. Sai do golfo de Bengala, passa ao longo da costa da Ásia, continua no Pacífico Norte e chega até as ilhas Aleutas. Já me sentia perdido na imensidão do Pacífico, quando meus dois companheiros, Ned Land e Conseil, surgiram na porta do salão.

Ficaram paralisados de surpresa diante das maravilhas expostas.

— Onde estamos? No museu de Quebec? — surpreendeu-se o canadense.

[42] O planeta Terra tem formato esferoide. A representação da sua superfície num plano bidimensional chama-se "planisfério".

[43] As correntes oceânicas são vastas movimentações de água causadas por diversos fatores, como vento, rotação do planeta, movimento da Lua, diferença de salinidade e de temperatura. As correntes têm grande influência na vida marinha e no clima do planeta Terra, influenciando o regime de chuvas e as temperaturas.

Fiz sinal para que entrassem:

— Sabem que estamos no interior do Nautilus, cinquenta metros abaixo da superfície das águas?

— Acredito, já que é o senhor quem afirma — respondeu Conseil. — Mas, com toda a franqueza, este salão é admirável!

— Observe com atenção, Conseil. Sei o quanto gosta de classificar as espécies. Aqui, tem muito o que fazer!

Não havia necessidade de mais estímulos. Como já contei, Conseil aprendera muito sobre História Natural comigo, e me ajudava nas classificações. Conhecia o assunto profundamente. Inclinou-se para admirar as vitrines.

— É um tesouro para um naturalista, senhor! — exclamou.

Ned Land queria saber detalhes de minha conversa com o capitão. Fazia uma pergunta atrás da outra. Eu mal tinha condições de responder. Relatei o pouco que sabia.

— Quanto a você, Ned, sabe de alguma coisa?

— Nada vi nem ouvi. Nem vi a tripulação. Não descobri quantos homens há a bordo, professor Aronnax! Dez, vinte, cinquenta, cem?

— Não importa quantos sejam, mestre Land. O melhor é abandonar definitivamente a ideia de tomar conta do Nautilus ou de fugir. Este barco é uma obra-prima da indústria moderna. É uma sorte estar a bordo. Muitas pessoas ficariam felizes em estar na nossa posição! Temos muito que ver e conhecer!

— Ver o quê, nesta prisão de ferro?! — irritou-se o arpoador.

Por coincidência, nesse instante a luz apagou-se completamente. Emudecemos. Não sabíamos se haveria uma surpresa desagradável. Ouvimos alguns ruídos. Tive a impressão de que os painéis laterais se moviam.

— É o fim de tudo! — exclamou Ned Land.

Repentinamente, de cada lado do salão surgiram duas paredes de vidro, iluminadas pelo exterior. Estávamos cercados pelas águas! Fiquei com medo de que se quebrassem, mas eram encaixadas em uma estrutura de cobre, que lhes proporcionava uma resistência impressionante.

Agora enxergávamos o fundo do mar! Que espetáculo! As águas, transparentes! A claridade exterior era incrível, pois a luz do Sol se filtrava através das águas! A escuridão do interior do Nautilus aumentava o contraste!

Olhávamos para fora maravilhados, como se estivéssemos dentro de um imenso aquário!

— Compreendo a vida do capitão! — exclamei. — Criou um mundo só dele, repleto de maravilhas!

— Mas não vejo peixes! — surpreendeu-se Ned Land.

— Se os visse, não saberia distingui-los — replicou Conseil.

— Como não? — ofendeu-se Ned Land.— Sou um pescador.

— Mas não sabe classificá-los.

— Sei muito bem. Eu os classifico em peixes que se comem e que não se comem!

— Essa é uma classificação feita por um guloso! — rebateu Conseil.

Começaram a discutir. Sabe-se que os peixes formam a última classe do ramo dos vertebrados. São definidos como "vertebrados de dupla circulação e de sangue frio, que respiram por guelras e vivem na água". Formam duas séries distintas: a dos peixes ósseos, ou seja, aqueles cuja espinha dorsal é composta por vértebras ósseas, e a dos que possuem uma espinha dorsal feita com vértebras cartilaginosas.

Conseil quis explicar ainda mais que isso. Mas Ned Land viu um cardume aproximar-se e provou que conhecer peixes, ele conhecia.

— Balistas[44]! — apontou.

Realmente, eram balistas de corpo compacto e pele rugosa, com um aguilhão sobre a espinha dorsal. Rodearam o Nautilus. Entre eles ondulavam raias, e entre elas descobri, para minha surpresa, uma raia-chinesa, dorso amarelado, cor-de-rosa no ventre, e com três aguilhões atrás de seu único olho. Raríssima!

[44] "Balistas" são peixes abundantes em águas tropicais. São bastante finos, quase impossíveis de se ver olhando de frente. Têm um ferrão cujo barulho, ao ser usado, lembra o de uma antiga máquina de guerra, daí o seu nome. Sua mandíbula e seus dentes fortes permitem que eles quebrem conchas para se alimentar.

Durante duas horas, um exército aquático nos escoltou. Vi enguias-elétricas[45], salamandras, moreias, longas serpentes e um número fantástico de peixes das mais variadas formas e cores. Nunca pudera admirá-los em seu ambiente!

[45] "Enguias-elétricas" são peixes capazes de dar choques graças a um conjunto de células musculares modificadas.

Subitamente, as luzes do salão voltaram a se acender. Os painéis de aço fecharam-se. A visão desapareceu. Mas durante muito tempo ainda continuei a lembrar!

Esperei pelo capitão Nemo. Ele não apareceu.

Ned Land e Conseil voltaram para seu camarote. Fui também para o meu. Meu jantar já estava servido. Depois da refeição, passei parte da noite escrevendo e refletindo. Finalmente adormeci, enquanto o Nautilus navegava rapidamente através da corrente Negra.

15
O CONVITE

Dormi doze horas. Quando acordei, Conseil veio falar comigo. Deixara nosso amigo canadense adormecido. Entusiasmado, tagarelou por um bom tempo. Mal respondi. Estava preocupado com a ausência do capitão Nemo.

Resolvi ir até o salão. Não havia ninguém.

Mergulhei no estudo dos tesouros do fundo do mar expostos nas vitrines. Folheei também grandes herbários[46], onde havia amostras das mais raras plantas submarinas. Embora secas, conservavam suas cores!

O dia passou sem que o capitão aparecesse. Os painéis do salão não se abriram. O

[46] "Herbário" é uma coleção de folhas secas e prensadas. Os bons herbários contêm informações a respeito da fisiologia e da anatomia de diversas plantas.

Nautilus continuou a percorrer o mar em grande velocidade. No dia seguinte, também não o vi. Nem a nenhum membro da tripulação. Ned e Conseil ficaram comigo a maior parte do dia. Também se admiraram com a ausência do capitão.

— Ficou doente? — imaginou Conseil.

— Ou desistiu de nos manter aqui, vivos? — preocupou-se Ned Land.

Não parecia ser isso. Tínhamos liberdade absoluta. Refeições saborosas. Não podíamos reclamar da hospitalidade. A viagem tornara-se uma incrível aventura.

Resolvi começar um diário, para mais tarde me permitir lembrar de cada detalhe! Graças a ele, consigo narrar tudo o que aconteceu!

Dia onze, ainda muito cedo, o ar fresco no interior do Nautilus me fez perceber que havíamos retornado à superfície do oceano para renovar o suprimento de oxigênio. Fui até a escada central. Subi à plataforma.

Eram seis horas da manhã. O céu estava coberto, o mar cinzento e calmo. Não vi mais ninguém além do timoneiro, em sua cabine envidraçada. Sentei-me no casco. Era tão agradável respirar ao ar livre! De repente, alguém subiu à plataforma. Imaginei ser o capitão, mas era seu imediato. Tratava-se do homem mais baixo que o acompanhara em nosso primeiro encontro. Não se importou com minha presença. De luneta em punho, examinou o horizonte com muita atenção. Depois foi até a escotilha e pronunciou uma frase naquela língua estranha. Não a esqueci porque depois disso a ouvi em quase todas as manhãs.

— Nautron respoc lorni virch.

Não sei dizer o que significa.

Em seguida, voltou para baixo. Devia ser o momento de submergir. Também fui para o interior da embarcação.

Durante cinco dias a situação continuou igual. Todas as manhãs eu subia à plataforma. Ouvia o imediato pronunciar a mesma frase. O capitão Nemo não veio nos ver.

Mas, em dezesseis de novembro, quando voltei para meu camarote, encontrei um bilhete escrito em letras bem desenhadas. Dizia o seguinte:

Sr. Professor Aronnax, a bordo do Nautilus
16 de novembro de 1867

O capitão Nemo convida o Sr. Professor Aronnax para uma caçada que se realizará amanhã na sua floresta da ilha Crespo. Espero que nada impeça o senhor de participar, e terei muito prazer em que seus companheiros venham também.

O comandante do Nautilus
Capitão NEMO

— Uma caçada! — surpreendeu-se Ned. — Será ótimo comer carne fresca!

Eu ainda estava surpreso. Já conhecia o horror do capitão Nemo por tudo o que se referia à terra firme. Resolvi verificar onde ficava Crespo. Consultei o planisfério e encontrei uma ilhota descoberta em 1801 pelo capitão Crespo, que os antigos mapas espanhóis chamavam de Rocca de la Plata, ou seja, Rocha de Prata.

Mostrei a localização a meus companheiros.

— É uma ilha deserta no oceano Pacífico! — expliquei.

Fui dormir preocupado. Como seria a caçada? De manhã, ao acordar, percebi que o Nautilus estava imóvel. Vesti-me rapidamente. Entrei no salão.

O capitão Nemo já me esperava. Não fez referência alguma ao seu desaparecimento durante oito dias. Também não toquei no assunto. Só lhe disse que eu e meus amigos estávamos entusiasmados em acompanhá-lo na caçada.

— Mas me espantei. O senhor me disse que rompeu todas as relações com o mundo da superfície. Agora nos convida a caçar numa floresta!

O capitão me respondeu:

— Minhas florestas não são frequentadas por leões, tigres, panteras ou qualquer quadrúpede. Só eu as conheço. Não são florestas terrestres, mas submarinas!

— Submarinas? — espantei-me.

— Exatamente. É onde vamos caçar!

"Decididamente está com problemas mentais", pensei. "Teve algum ataque que durou oito dias, e continua mal! Coitado!"

Creio que meu rosto deixava transparecer meus pensamentos. O capitão me convidou a segui-lo. Aceitei, resignado. Fomos até a sala de jantar, onde uma refeição estava servida.

— Senhor Aronnax, é melhor comermos bem. Só terá outra refeição daqui a um bom tempo!

Era, novamente, um cardápio delicioso, à base de peixes e outros pratos desconhecidos, todos de origem marinha.

— Deve achar que estou louco — comentou o capitão.

— Ora, senhor, eu...

— Escute-me e mudará de opinião! Um homem pode viver embaixo d'água, se carregar um suprimento de ar respirável. Nos trabalhos submarinos o operário veste um traje impermeável. Coloca a cabeça dentro de uma cápsula de metal. E recebe o ar do exterior, através de bombas compressoras.

— São os escafandros[47]! — disse eu.

— Possuo reservatórios individuais onde armazeno ar. Eles são fixados nas costas por meio de correias. Dois tubos de borracha trazem o ar até o escafandro.

[47] O "escafandro", como está descrito, foi inventado em 1839. O que é realmente notável nesse trecho é a antecipação da invenção do cilindro para mergulho autônomo. Esse dispositivo — basicamente uma garrafa contendo ar comprimido — foi inventado por Jacques Cousteau em 1943.

— É surpreendente, capitão! — exclamei. — Mas como iluminar o caminho no oceano?

— Usando uma lâmpada afixada à cintura, que funciona com uma pilha de sódio. Assim, poderemos respirar e ver o que está em torno.

— E as armas para a caçada?

— Usaremos espingardas à base de ar comprimido. Mas na caçada submarina pouco se atira! Entretanto, quando um animal é atingido, cai fulminado!

— Como assim?

— Uso pequenas cápsulas de aço e vidro, elétricas! Ao mais ligeiro choque, descarregam-se e o animal cai morto.

Entusiasmado, respondi:

— Estou impressionado! Para onde for, irei também!

O capitão conduziu-me à parte traseira do Nautilus.

No caminho, Ned Land e Conseil se juntaram a nós. Chegamos a um compartimento junto à casa das máquinas, onde nos esperavam os trajes adequados para a aventura.

16
NO FUNDO DO MAR

O local era o arsenal e o vestiário do Nautilus. Havia uma dúzia de escafandros suspensos na parede. Expliquei a Ned Land que não iríamos a nenhuma floresta terrestre, mas submarina.

— Jamais colocarei esse traje! — declarou ele.

— Não é obrigado, mestre Land. Pode ficar — disse o capitão Nemo.

— E você, Conseil, vai se arriscar? — perguntou o arpoador.

— Eu sigo meu patrão aonde ele for!

Dois homens da tripulação vieram nos ajudar a vestir os trajes impermeáveis. Eram leves, mas resistentes. As calças terminavam em botas com solas de chumbo. No peito havia placas de cobre que o protegiam da pressão das águas, para que os pulmões funcionassem livremente. As mangas terminavam em luvas. A nós se juntou um marinheiro muito forte. Sua presença tranquilizou-me. Certamente nos protegeria no caso de algum problema.

Examinamos as espingardas. Era um modelo simples, capaz de disparar vinte projéteis, um após o outro. Fácil de usar. Colocamos os escafandros, os reservatórios de ar nas costas e a lanterna na cintura.

Ned Land teimou em ficar. Eu e os outros fomos para um pequeno compartimento, totalmente fechado. Logo ele se encheu d'água, para evitar o choque da pressão. Uma segunda porta se abriu e saímos. Nossos pés tocaram o fundo do mar!

Não há palavras para descrever tudo o que vi!

O capitão Nemo ia à frente, e o marinheiro, alguns passos atrás de mim e de Conseil. Não sentia o peso das roupas nem do reservatório de ar. Todos os objetos mergulhados na água perdem uma parte do peso igual à do líquido deslocado, como se sabe pela lei da física descoberta por Arquimedes[48].

Os raios solares atravessavam a massa de água. Podia ver formas a cem metros de

[48] Arquimedes é considerado o maior matemático e cientista da Antiguidade. A lei a que se refere faz parte do Tratado sobre os corpos flutuantes: "todo corpo mergulhado total ou parcialmente em um fluido sofre uma impulsão vertical, dirigido de baixo para cima, igual ao peso do volume do fluido deslocado, e aplicado no centro de impulsão". Essa lei nos permite entender que um pesadíssimo navio transatlântico não afunda porque desloca um volume incrível de água.

distância. A água parecia ser, na verdade, uma espécie de atmosfera mais densa.

Caminhamos sobre areia fina, semeada de conchas. Vi rochedos atapetados de belas espécies. Flores, rochedos, conchas e pólipos. Era um verdadeiro caleidoscópio em tons de verde, amarelo, laranja, violeta, anil, azul. Enfim, todas as cores possíveis! Avançamos, enquanto sobre nossas cabeças passavam cardumes de peixes variados. Eu e Conseil paramos para admirar o que víamos. O capitão Nemo nos chamou com gestos.

Dali a pouco, a natureza do solo se modificou. Passamos a andar sobre uma espécie de lodo viscoso, composto unicamente de conchas calcárias[49]. Percorremos um campo de algas. Atravessamos um caramanchão de plantas submarinas! Longos sargaços flutuavam. As plantas em tom de verde mais acentuado eram as mais próximas da superfície. As vermelhas se encontravam na profundidade média. As mais escuras, nas zonas mais profundas.

As algas são um prodígio da flora universal. Formam uma família capaz de produzir

[49] As "conchas" são formadas basicamente pela sobreposição de três substâncias: uma proteína chamada conchiolina; um mineral chamado calcite; e o carbonato de cálcio ($CaCo_3$).

ao mesmo tempo os menores e os maiores vegetais do globo. Algumas têm milímetros. Há sargaços com quinhentos metros!

Cerca de uma hora e meia depois, a paisagem voltou a se transformar. Ouvíamos nossas passadas perfeitamente. Na água, o som propaga-se a uma velocidade quatro vezes maior do que no ar. Subitamente, surgiu um declive pronunciado. Atingimos uma profundidade de cem metros! Meu traje estava preparado para suportar a pressão. Eu me sentia leve ao andar sob a água! A luminosidade enfraqueceu, pois os raios do Sol já não chegavam com tanta intensidade. Mas ainda não havia necessidade de acendermos as lanternas.

O capitão Nemo parou. Apontou para massas escuras à nossa frente.

"É a floresta da ilha Crespo", pensei.

Estava absolutamente certo!

17
A FLORESTA SUBMARINA

Estávamos na orla da floresta! Era formada por arbustos de um tipo que eu nunca vira! Meu olhar foi atraído pela disposição dos seus galhos. Nenhuma das ervas do solo, nenhum dos galhos se curvava ou se estendia no plano horizontal. Todos subiam em direção à superfície do oceano! Se eu os desviava com as mãos, em seguida voltavam à posição anterior. Era uma floresta vertical!

A flora submarina parecia mais rica que a terrestre! Durante algum tempo confundi os reinos animal e vegetal. Quem não se enganaria? Fauna e flora são parecidas no mundo submarino!

As plantas só aderem superficialmente ao solo. Não é dele que retiram os nutrientes, mas da própria água. Em lugar de folhas, possuem lamelas[50]. Suas cores são limitadas ao rosa, ao carmim, ao verde, ao azeitonado, ao fulvo e ao pardo. Entre os arbustos acumulavam-se verdadeiras moitas de flores. Mas não pertenciam ao reino vegetal! Eram zoófitos[51], de formas incríveis e cores esplêndidas. Entre os galhos nadavam peixes-moscas.

O capitão Nemo nos fez sinal para pararmos. Repousamos. Conseil me fez um sinal para demonstrar sua alegria.

Não sentia fome. Mas um sono invencível. Meus olhos se fecharam. O capitão Nemo e o marinheiro também adormeceram.

Quando acordei, tive a impressão de que o solo baixava no horizonte. O capitão Nemo já se erguera. Eu me espreguiçava quando uma aparição me assustou. A poucos passos, uma monstruosa aranha-marinha, de um metro de altura, me observava com seus olhos vesgos. Pronta para o ataque. Era horrível! Conseil e o marinheiro acordaram naquele instante. O capitão Nemo apontou o crustáceo. Corajosamente, o marinheiro liquidou a aranha com uma coronhada. O monstro caiu contorcen-

[50] "Lamelas" são pequenas membranas delgadas, em formato de lâminas.

[51] "Zoófito" é o nome dado a diversos animais invertebrados. São assim chamados porque parecem plantas.

do-se pavorosamente. "Outros monstros terríveis podem estar à espreita", refleti. "Preciso ficar atento!"

Pensei que estivéssemos no fim do passeio. Mas o capitão Nemo continuou à frente.

O solo baixou ainda mais. Descemos a uma profundidade maior. Chegamos a um vale. A escuridão tornou-se profunda. Não se via nada a dez metros de distância. O capitão Nemo ligou sua lanterna, que lançou uma luz branca bastante intensa. Eu, Conseil e o marinheiro também acendemos as nossas. Iluminado por quatro lanternas, o fundo do mar ficou mais claro. Podíamos enxergar a uma distância de cerca de vinte e cinco metros.

O capitão Nemo continuou a nos guiar. Os arbustos rareavam. Mas ainda víamos um número incrível de zoófitos, moluscos e peixes!

"Nossas lanternas vão atrair alguns habitantes desses lugares sombrios", imaginei. Percebi que o capitão Nemo também estava atento. Parou muitas vezes, com a espingarda em punho. Em seguida, continuava a caminhada.

Cerca de quatro horas da tarde o passeio chegou ao fim. Uma muralha de rochedos surgiu à nossa frente. Eram as escarpas da ilha Crespo, subindo em direção à superfície.

Ali terminavam os domínios do capitão Nemo.

Voltamos. O capitão guiava-nos sem hesitação. Tomou um novo caminho, mais íngreme. Rapidamente nos aproximamos da superfície o suficiente para termos de novo a luz solar. A dez metros de profundidade, andamos entre um cardume de peixinhos de espécies variadas. Ainda não surgira nenhuma caça aquática, quando vi a arma do capitão apontada para algumas moitas. Atirou. Um animal caiu fulminado.

Era uma lontra marinha, o único quadrúpede que vive exclusivamente nas águas do oceano. Media um metro e cinquenta de comprimento. Devia ser muito valiosa. Sua pele, castanho-escura no dorso e prateada na barriga, era linda. Era um mamífero curioso, de cabeça arredondada, orelhas curtas, olhos redondos e bigodes brancos como os de um gato. A beleza de sua pele transformou-se também em sua tragédia. A caça predatória o tornou raríssimo[52].

O marinheiro apanhou o animal e o levou nas costas.

Continuamos. Muitas vezes a planície se elevava apenas a dois metros da superfície! Vi até a sombra dos grandes pássaros que voa-

[52] Hoje em dia, a lontra marinha é ainda mais rara e está ameaçada de extinção.

vam sobre nossas cabeças! Às vezes tocavam a superfície das ondas! Em certo momento, o marinheiro disparou para cima. Um enorme albatroz afundou, já morto. Também foi levado.

Eu estava exausto. Mesmo assim, caminhamos por mais duas horas! Finalmente, avistei a luz do farol do Nautilus. Ainda bem. Meu reservatório de ar estava terminando. Mas de repente o capitão Nemo correu na minha direção. Agarrou-me com força e me atirou no chão. O marinheiro fez o mesmo com Conseil. Assustei-me com a agressão. Mas logo me tranquilizei ao ver que o capitão se deitou ao meu lado e permaneceu imóvel. Estávamos ocultos pela vegetação. Levantei a cabeça. Vi corpos gigantescos que passavam ruidosamente sobre mim, com clarões fosforescentes.

O sangue gelou em minhas veias. Eram tubarões. Um casal de tintureiros[53] que segregam matéria fosforescente por orifícios em torno dos focinhos e são capazes de triturar um homem com uma simples mordida! Notei suas faces prateadas, repletas de dentes. Nem

[53] "Tubarão-tintureiro" é outro nome para o tubarão-tigre, que pode atingir os 3 metros de comprimento e pesar mais de 1.000 quilos. É uma espécie extremamente agressiva e conhecida por ingerir tudo o que estiver à sua frente.

me lembrei de que, como um naturalista, devia aproveitar para observá-los. Sentia um enorme pavor.

Mas esses terríveis animais não enxergam muito bem. Passaram sem nos ver. Escapamos!

Meia hora depois chegamos ao Nautilus. Entramos pelo mesmo compartimento por onde saíramos. A saída se fechou. As bombas esvaziaram o compartimento e a porta para o interior abriu.

Lá, ajudaram-nos a tirar os escafandros. Exausto, fui para meu camarote.

Adormeci, maravilhado com a excursão ao fundo do mar.

18
QUATRO MIL MILHAS SOB O PACÍFICO

Na manhã seguinte, já refeito da aventura da véspera, subi à plataforma no instante em que o imediato repetia sua frase diária. Percebi que devia se referir ao mar. O significado da frase deveria ser: "Nada à vista!". O oceano estava deserto. Nem uma vela se avistava no horizonte. A ilha Crespo desapareceu durante o trajeto noturno. O mar estava incrivelmente azul.

O capitão Nemo também subiu. Nem me olhou. Observou o céu com a luneta, decerto calculando nossa posição. Cerca de vinte tripulantes também subiram à plataforma. Retiraram as redes de arrastão colocadas durante a noite. Pelos meus cálculos, havia mais de quinhentos quilos de peixe! Pude observar que os marinheiros pareciam ser originários de nações diferentes. Mal falavam entre si, sempre no mesmo estranho idioma. Nem tentei conversar.

Terminada a pesca e renovada a provisão de ar, supus que o Nautilus voltasse a submergir. Já me preparava para descer, quando o capitão Nemo virou-se em minha direção:

— Veja este oceano, professor! — disse ele. — Não parece vivo?! Ontem adormeceu como nós e agora desperta sob os raios do Sol! Observar o funcionamento de seu organismo é um estudo constante. Possui pulso, artérias, sofre espasmos e tem um sistema de circulação tão real quanto o do sangue nos animais.

Nada respondi. O capitão com certeza não esperava nenhum comentário de minha parte. Continuou falando:

— Devido ao calor, possui densidades diferentes. A evaporação nula nas regiões mais frias é constante na zona equatorial. Isso leva a uma troca contínua entre as águas tropicais e polares. Há correntes de cima para baixo e de baixo para cima, que se assemelham a uma respiração. Os sais tornam as águas marinhas menos evaporáveis. Os milhões de animais microscópicos que habitam as águas absorvem os sais marinhos e produzem corais e madrepérolas. A gota d'água, sem o seu elemento mineral, volta à superfície. Lá absorve os sais residuais da evaporação. Torna-se mais pesada e volta a fornecer elementos de vida aos organismos microscópicos. A vida no oceano é intensa! Sabe, senhor Aronnax, qual é a profundidade do oceano?

— Pelas sondagens já feitas, oito mil e duzentos metros no Atlântico Norte e dois mil e quinhentos no Mediterrâneo. No Atlântico Sul registraram mais de doze mil metros.

— Espero mostrar-lhe mais e melhor, professor. Nesta região do Pacífico, a profundidade média é de quatro mil metros[54].

Ao dizer isso, o capitão Nemo foi para a escada e voltou ao interior do Nautilus. Eu o imitei. Voltamos a submergir e a navegar em grande velocidade.

Pouco vi o capitão nas semanas seguintes. Aparecia de vez em quando. A rotina continuava a mesma. Todas as manhãs o imediato observava o oceano. Também assinalava nossa posição, para que eu acompanhasse o percurso. Conseil e Ned Land passavam muito tempo em minha companhia. Quase todos os dias os painéis do salão se abriam, e podíamos apreciar as belezas do mundo submarino.

Em vinte e seis de novembro, às três da madrugada, atravessamos o Trópico de Câncer. No dia vinte e sete, passamos pelas ilhas Sandwich. Pelos meus cálculos, já navegáramos quatro mil, oitocentas e sessenta léguas[55] desde nosso ponto de partida. Na manhã seguinte, na plataforma, avistei o Havaí, a mais importante das sete ilhas que formam o arqui-

[54] Em média, a profundidade do Atlântico varia entre 6 mil e 7 mil metros. No meio do oceano, há uma cadeia de montanhas submersas, a dorsal mesoatlântica, cuja crista fica entre 3.000 e 1.500 metros de profundidade. O Mediterrâneo tem uma profundidade média de 1.500 metros. A profundidade média do Pacífico é de 4.200 metros. O ponto mais profundo do planeta, a Fossa das Marianas, localiza-se no Pacífico e tem 11.000 metros de profundidade.

[55] "Légua" (no original em francês *lieue*) é uma medida de comprimento. Antes da padronização dos pesos e medidas a partir do sistema métrico decimal, as medidas variavam muitíssimo de lugar para lugar e mesmo de tempos em tempos. No Brasil, uma légua mede 6.600 metros. Mas a légua a que Júlio Verne faz referência é a légua marítima utilizada na França no final do século XIX, que equivalia a cerca de 5.500 metros.

pélago de mesmo nome. Pude ver a faixa costeira cultivada, as cadeias de montanhas e os vulcões. Entre eles o Mauna-Kea, cujo cume atinge quatro mil, duzentos e cinco metros.

No dia primeiro de dezembro, atravessamos o Equador. Dia quatro, estávamos próximos às ilhas Marquesas. Delas só vi as montanhas cobertas de florestas, porque o capitão Nemo evitava aproximar-se da terra firme. De quatro a onze de dezembro, percorremos cerca de duas mil milhas. Encontramos um enorme cardume de lula. Elas migravam das zonas temperadas para as mais quentes, seguindo o itinerário dos arenques e das sardinhas[56]. Nós as observamos através das paredes de vidro. O Nautilus navegou entre o cardume, para minha admiração!

Estava lendo no salão, dia onze. Ned Land e Conseil admiravam as águas luminosas pelos painéis de vidro. O Nautilus estava imóvel, a mil metros de profundidade. De repente, Conseil me interrompeu.

— O senhor pode vir até aqui, professor?

Fui até o vidro.

[56] Podemos classificar os peixes em dois grandes grupos: os *demersais*, que vivem próximo do substrato oceânico, geralmente demarcam uma área para caçar, se acasalar etc., e os *pelágicos*, que vivem livremente na coluna d'água, ora se aproximando da superfície, ora mergulhando para as profundezas. É o caso dos tubarões, das baleias e das várias espécies que vivem em cardumes, como a anchova, a sardinha e o atum.

Iluminada pelo farol do submarino, via-se uma enorme massa escura suspensa nas águas. Observei atentamente.

— Um navio! — exclamei.

— Exatamente. É um navio naufragado! — respondeu Ned Land.

O naufrágio parecia muito recente. Possivelmente teria ocorrido havia poucas horas. Podia-se ver três restos de mastros, talvez quebrados durante a tempestade. No convés ainda se viam alguns cadáveres presos às cordas. De pé diante do timão, um velho marinheiro ainda parecia conduzir o navio pelas profundezas.

Era um espetáculo triste. O Nautilus voltou a manobrar. Contornou o navio submerso. E nos despedimos daquela imagem carregada de tristeza.

19
VANIKORO

O navio submerso iniciou a série de catástrofes submarinas que iríamos encontrar dali em diante. À medida que percorremos mares mais frequentados, avistamos inúmeros cascos naufragados e, à maior profundidade, canhões, granadas, âncoras, correntes e milhares de outros objetos carcomidos pela ferrugem.

Atingimos a ilha de Clermont-Tonnerre, uma das mais curiosas do arquipélago. Foi descoberta em 1822 pelo capitão Bell. Pude então estudar o sistema madrepórico, que é base de sua formação.

As madréporas são revestidas de uma crosta calcária, formada pela secreção de bilhões de organismos marítimos. Os depósitos calcários se convertem em rochedos, recifes, ilhas. À vezes formam anéis circulares. Outras, constroem recifes rendilhados.

Altas muralhas ao pé das quais o oceano atinge enormes profundidades.

Ao longo da costa escarpada da ilha de Clermont-Tonnerre, admirei a obra gigantesca realizada por esses operários microscópicos. Conseil ficou espantado ao saber que muralhas como aquelas podem demorar cem, duzentos mil anos para serem formadas[57]!

Quando estávamos na superfície, pude admirar a ilha em toda a sua extensão. Era coberta por matas. As rochas madrepóricas haviam sido fertilizadas pelas tempestades. Sementes trazidas pelos ventos caíram sobre as camadas calcárias, adubadas por restos decompostos de peixes e plantas marinhas. Germinaram. A vegetação conquistou as rochas. As árvores fixaram os vapores d'água. Formaram-se regatos. Vermes, insetos foram trazidos pelo vento, ou a bordo de troncos. Tartarugas vieram botar seus ovos. Aves construíram seus ninhos. Atraído pela fertilidade, chegou o homem. Essa é a história de muitas ilhas como a que víamos!

Ao cair da tarde, o Nautilus mudou de rota. Passou pelo Trópico de Capricórnio. To-

[57] Hoje, os biólogos consideram as madréporas como um tipo de coral. As madréporas vivem em colônias de milhares de indivíduos. Cada um desses indivíduos produz um exoesqueleto, uma couraça em torno de si. Quando o pólipo morre, sua couraça de cálcio serve como suporte para que novos pólipos se estabeleçam. Com o passar do tempo, o recife tende a aumentar, já que os novos indivíduos se estabelecem sobre as estruturas deixadas pelas gerações anteriores.

mou a direção oeste-noroeste. Em quinze de dezembro deixamos o Taiti. Em seguida passamos pelo arquipélago de Tonga-Tabou e dos Navegantes. Em vinte e cinco de dezembro passamos pelo arquipélago das Novas Hébridas, com nove grandes ilhas.

Era dia de Natal. Ned Land parecia deprimido, possivelmente por estar distante de sua família.

Não via o capitão Nemo havia uns oito dias. Até que no dia vinte e sete, pela manhã, entrou no salão. Como se tivesse acabado de nos ver, sem fazer referência a seu desaparecimento. Eu observava o planisfério para entender o trajeto que seguíamos. O capitão aproximou-se. Colocou um dedo em um ponto do mapa e pronunciou uma palavra:

— Vanikoro.

Era o nome das ilhas onde se perderam os navios de La Pérouse. Perguntei:

— O Nautilus segue para Vanikoro?

— É onde estamos, professor!

Subi à plataforma. Meus olhos examinaram o horizonte.

A nordeste emergiam duas ilhas vulcânicas de tamanhos diferentes, rodeadas por recifes de corais. Estávamos diante da ilha de Vanikoro, já chamada também de ilha de La Recherche. O Nautilus contornou os rochedos. Através de uma passagem estreita, entrou na região que ficava entre os rochedos e as margens. Da plataforma, avistei alguns selvagens, agitados com nossa aproximação.Talvez também pensassem estar diante de um monstro desconhecido!

O capitão Nemo perguntou-me o que sabia do naufrágio de La Pérouse.

— O que todos sabem, capitão — respondi.

— Pode me dizer o que todos sabem? — perguntou ironicamente.

Respondi com um relato resumido. O capitão La Pérouse e seu imediato, De Langle, haviam sido enviados pelo rei da França, Luís XVI, em 1785, para realizar uma viagem ao redor do globo. Comandavam as caravelas Bussolle e Astrolabe. Nunca mais voltaram.

Em 1791, o governo francês, inquieto, mandou outros dois navios para investigar o desaparecimento. Não encontraram vestígios. Foi um velho navegador do Pacífico, o capitão Dillon, que soube, por um nativo, que em Vanikoro ainda existiam destroços do naufrágio das caravelas. Só pôde continuar a investigação em 1827, com um navio chamado Recherche. Descobriu âncoras, uma bala de canhão, pedaços de instrumentos, um sino de bronze. A expedição de Dumont d'Urville também foi para o mesmo local. Com a ajuda dos nativos, descobriu o local exato do naufrágio. E construiu um epitáfio em memória dos marinheiros falecidos. Mas soube também que La Pérouse, depois de perder seus dois navios nos recifes das ilhas, construíra um terceiro, para tentar voltar à França. E dele também não havia notícia!

— Ainda não se sabe o que terá acontecido com esse terceiro navio — lembrou o capitão Nemo. — Ou melhor, sou o único a saber!

Fomos até o salão. O Nautilus submergiu. Os painéis se abriram. Sob as águas, estavam os restos de um navio!

— O capitão La Pérouse naufragou nos recifes de corais de Vanikoro, professor. Mas, com os destroços das antigas naus, construiu outra. Alguns marinheiros preferiram continuar vivendo na ilha, entre os nativos. O novo navio também naufragou.

O capitão Nemo mostrou-me uma caixa de latão, com as armas da França na tampa. Papéis amarelecidos, mas ainda legíveis, estavam guardados em seu interior. Eram as instruções do ministro da Marinha ao capitão La Pérouse.

— É morte digna para um marinheiro — comentou o capitão. — Um túmulo sob as águas! Espero que eu e meus companheiros também descansemos assim!

20
O ESTREITO DE TORRES

Continuamos a atravessar o oceano. Dia primeiro de janeiro, Conseil subiu comigo para a plataforma.

— Feliz Ano-Novo, senhor! — desejou ele.

— Ficaria mais feliz se soubesse o que nos aguarda, Conseil. Ficaremos livres este ano ou continuaremos essa estranha viagem por mais doze meses?

— Não sei o que dizer, senhor. Mas vemos tantas maravilhas que não há motivo para tédio! É uma oportunidade única. Na minha opinião, senhor, este ano será maravilhoso se pudermos apreciar o que há sob as águas.

— Ned Land pensa da mesma maneira?

— Não, senhor, ao contrário. Está farto de olhar peixes. Mais ainda de comê-los! Sente falta de vinho, pão e carne. Sonha com um bife.

— A dieta de peixes me satisfaz, Conseil.

— A mim também, senhor. Eu lhe desejo tudo de bom neste novo ano!

Trocamos um aperto de mão.

No dia dois de janeiro, já tinha percorrido cinco mil, duzentas e cinquenta léguas desde nosso ponto de partida nos mares do Japão. Vi o perigoso mar de Coral, na costa noroeste da Austrália. Estávamos a pouca distância do temível banco de corais onde a embarcação do capitão Cook colidiu em 1770[58]. Gostaria de ter visitado esse recife, contra o qual o mar em fúria se quebrava com enorme intensidade. Mas o Nautilus mergulhou a grande profundidade, seguindo um plano inclinado.

Chegamos a Papuásia[59]. O capitão Nemo me contou que pretendia alcançar o oceano Índico através do estreito de Torres. Ao saber disso, Ned Land ficou muito satisfeito. Essa rota nos aproximaria dos mares europeus.

O estreito de Torres é considerado perigoso devido aos recifes que existem sob suas águas. E também pelos nativos das costas, famosos por sua selvageria!

[58] O navegador inglês James Cook (1728-1779) foi o pioneiro na exploração do oceano Pacífico. Foi o primeiro europeu a cruzar o Círculo Polar Ártico (em 1772), descobriu e mapeou a Polinésia, Nova Zelândia e Austrália (em 1770), descobriu o arquipélago do Havaí (em 1778). Além de grande explorador, Cook era famoso também por seu cuidado com a saúde e alimentação das suas tripulações.

[59] "Papuásia", ou "Papua-Nova Guiné", é um pequeno país localizado na porção oriental da ilha da Nova Guiné. A metade ocidental da ilha é hoje ocupada pela Indonésia. Na época em que Júlio Verne escreveu este livro, a Indonésia ainda era uma colônia da Holanda, chamada Nova Holanda.

O Nautilus entrou no mais perigoso estreito do mundo. Mesmo os navegantes mais corajosos temem atravessá-lo. Mede quase trinta e quatro léguas de comprimento. Mas possui tantas ilhas, ilhotas, abrolhos, recifes, que tornam a navegação quase impraticável. O capitão Nemo tomou todas as precauções. O submarino flutuava sobre a água, em velocidade reduzida. A hélice batia nas ondas vagarosamente. Eu, Conseil e Ned subimos para a plataforma. Observando a cabine do timoneiro, percebi que o próprio capitão Nemo dirigia o Nautilus.

Ao nosso redor, o mar rodopiava enfurecido. As ondas quebravam-se nos bancos de coral, cujas cristas emergiam em alguns lugares.

— O mar está péssimo — disse Ned. — Os recifes podem reduzir-nos a frangalhos, se batermos!

A situação parecia perigosa. Às três da tarde, um choque me fez perder o equilíbrio. O Nautilus bateu em um recife! Levemente inclinado, permaneceu imóvel.

O capitão Nemo e o imediato subiram à plataforma. Trocaram algumas palavras em sua língua incompreensível. Estávamos próximos da ilha de Gueboroar. O casco era tão sólido que nada sofrera. Mas estávamos encalhados.

Muito calmo, o capitão aproximou-se.

— E agora? — indaguei.

— Não estamos correndo risco algum. Logo voltaremos às profundezas do oceano. Nossa viagem mal começou! — acalmou-me o capitão.

— Como vamos desencalhar? Será preciso buscar auxílio em terra firme.

— De maneira alguma. Daqui a cinco dias será Lua cheia. Nosso bondoso satélite atrairá uma massa de água suficiente para sairmos daqui.

Mal terminou de falar, o capitão e o imediato voltaram para dentro do submarino. Ned veio falar comigo.

— Há solução, professor? — perguntou.

— Segundo o capitão, vamos aguardar a Lua cheia! Ele espera desencalhar com a força da maré.

O canadense afirmou com desprezo:

— Acredite no que lhe digo, professor. Este pedaço de ferro nunca mais navegará para cima ou para baixo das águas. Só serve para ser vendido como sucata. Chegou a hora de fugirmos!

— Amigo Ned, eu não sou tão pessimista quanto você. Em poucos dias, saberemos se o capitão está certo quanto à elevação das marés. Poderíamos fugir se estivéssemos próximos do litoral inglês ou da costa da França. Mas aqui, nessas ilhas tão distantes, fugir não é uma boa alternativa.

— Ali está uma ilha cheia de árvores. Debaixo delas devem existir animais para caçar. Só penso em comer um bife, professor!

— O senhor poderia pedir ao capitão para irmos à terra firme. Nem que fosse para sentir o solo sob nossos pés! — propôs Conseil.

— Ele se recusará — garanti. — Mesmo assim, farei o pedido.

Mas, para minha surpresa, o capitão nos deu a permissão. Nem sequer nos fez prometer que voltaríamos a bordo. Em todo caso, uma fuga por Nova Guiné seria tão perigosa que não aconselharia Ned a tentá-la[60]. Mais valia ser prisioneiro a bordo do Nautilus do que cair nas mãos dos nativos!

Na manhã seguinte, o compartimento do casco onde estava o pequeno barco foi aberto. Depois de desparafusado, o barco ficou à nossa disposição. As margens estavam próximas. O mar, calmo. Soprava uma leve brisa. Conseil e eu remamos, enquanto Ned orientava o barco entre os canais formados pelos recifes. Ned comemorava por antecipação.

— Carne! — exclamava. — Vamos comer carne.

Caça de verdade! Gosto de peixe. Mas nada como a carne grelhada nas brasas!

[60] A Polinésia como um todo era ainda bastante inexplorada em 1870 (lembremos, aliás, que o primeiro europeu a navegar aquelas águas, o capitão James Cook, o fizera apenas cem anos antes!). No imaginário dos europeus daquela época, bastante leigos e intolerantes a respeito das outras culturas, a região era habitada por selvagens antropófagos. É bem verdade que alguns grupos étnicos praticassem o canibalismo, entretanto, de forma ritual ligada à guerra. A carne humana não fazia parte da sua dieta cotidiana.

— Guloso! — brincou Conseil.

— Só espero que não sejam as feras que nos cacem — brinquei.

— Senhor Aronnax, eu comeria lombo de tigre! — exclamou Ned.

Logo chegamos à praia. Encalhamos o pequeno barco na areia. E, depois de todo aquele tempo, voltamos a pisar em terra firme!

21
TERRA FIRME

Fiquei emocionado ao colocar meus pés em terra firme. Ned Land tocou o solo com o pé, como quem toma posse. Havia dois meses que não saíamos do Nautilus!

Caminhamos para o interior da ilha. À nossa frente havia uma floresta, com árvores gigantescas. Chegavam a sessenta metros de altura. O canadense nem se preocupou em admirar a beleza da vegetação. Só pensava em comer! Avistou um coqueiro. Derrubou alguns cocos. Tomamos a água e comemos a polpa. Resolvemos levar um carregamento para bordo.

Depois, decidimos explorar a região.

— Precisamos tomar cuidado — alertei. — Não conhecemos os hábitos dos nativos. E se forem canibais?

Entramos na floresta. Logo encontramos vegetais comestíveis. Havia fruta-pão[61]. Ned Land entusiasmou-se.

— Professor, sou capaz de morrer se não comer uma fruta-pão agora mesmo!

Enquanto Ned fazia uma fogueira com galhos secos, eu e Conseil colhemos a fruta-pão. O canadense assou-as em fatias sobre as brasas. Em poucos minutos, o lado colocado sobre o fogo estava carbonizado. Mas em seu interior formara-se uma pasta branca, semelhante ao miolo do pão. Eu nunca experimentara. Era excelente.

Colhemos algumas para levar. E continuamos a caminhada.

Por volta do meio-dia, tínhamos bananas, mangas e ananases muito grandes.

— Só falta a carne — insistiu Ned.

— É verdade. Ned nos prometeu bifes e costeletas! — lembrei.

— Professor, ainda vamos encontrar um animal de penas ou pelo, eu lhe garanto!

— É melhor voltarmos — avisou Conseil.

— Já? — reclamou Ned.

61 "Fruta-pão" é uma árvore que vive cerca de 80 anos e pode atingir até 15 metros de altura. Seus frutos são a base alimentar de vários povos polinésios. São esféricos, amarelados e podem pesar até 2 quilos. A massa da polpa é rica em carboidratos, vitaminas do complexo B e ácido ascórbico, além de cálcio e ferro.

— Temos que estar a bordo antes do anoitecer — concordei. — Vamos embora.

Na volta pela floresta, completamos nossa colheita com palmitos, feijões, inhames.

Às cinco da tarde, voltamos para o barco. Meia hora depois, atracamos no Nautilus. Ninguém nos observava. O submarino parecia deserto. Descarregamos as provisões. Desci para meu camarote. Meu jantar estava servido. Depois de comer, adormeci.

No dia seguinte, o barco continuava no mesmo lugar. Resolvemos voltar à ilha. Chegamos em pouco tempo. Seguimos Ned, que pretendia explorar o outro lado da floresta. Logo estávamos em um riacho, com martins-pescadores[62] voando sobre as águas. Os pássaros não permitiram que nos aproximássemos. Obviamente temiam os seres humanos, o que me preocupou. Isso significava que já haviam tido um bom contato, provavelmente com os nativos da região. Mais tarde, encontramos um bando de papagaios, araras e cacatuas. Atravessamos uma mata rala. Lá, pássaros incríveis levantaram voo.

— Aves-do-paraíso[63]! — exclamei.

[62] "Martim-pescador" é o nome dado a diversas espécies de pássaros que se alimentam de peixes. São de porte médio, variando o comprimento de 10 a 45 centímetros, e têm um bico longo e muito forte. Sua visão é adaptada para perceber a presa nadando abaixo da superfície da água. São bastante territoriais, guardando com agressividade o seu ninho.

[63] "Ave-do-paraíso" é o nome que se dá a várias espécies de ave cuja plumagem é exuberante. Devido à beleza das suas plumas, foram muito perseguidas por caçadores, chegando ao risco da extinção de muitas espécies. Hoje são protegidas por programas ambientais em quase toda a Polinésia, e muitos países proíbem a importação de suas plumas.

Ned tentou caçá-las, disposto a devorar uma que fosse. Mas era impossível atingi-las em pleno voo. Quase acabamos com nossa munição, sem resultado.

A fome aumentou. Para nossa surpresa, fomos salvos por Conseil, que abateu dois pombos. Enfiados em espetos, foram assados numa fogueira de galhos secos. Ned preparou frutas-pães.

— Que delícia! — comentei.

— Ora, esses pombos não passam de aperitivo — reclamou Ned. — Enquanto não caçar um animal que tenha costeletas, não ficarei satisfeito!

— Vamos continuar a caçada — propôs Conseil. — Mas andando em direção ao mar, para não nos perdermos!

Concordamos.

Finalmente, Ned conseguiu abater um porco-do-mato[64]. Limpou-o cuidadosamente. Depois, ele e Conseil continuaram a caçar. Atirou em alguns cangurus-coelho[65].

— Oh, professor, são deliciosos quando assados no forno! — exclamava o canadense.

[64] "Porco-do-mato" é um mamífero cujos exemplares mais robustos chegam a medir 1 metro de comprimento, 50 centímetros de altura e pesar 30 quilos. Alimentam-se geralmente de raízes e vegetais.

[65] Os cangurus são marsupiais que habitam a Austrália, Tasmânia e Nova Guiné. Marsupiais são animais cuja gestação se completa no "marsúpio", uma espécie de bolsa existente no corpo das fêmeas.

Feliz da vida, Ned já planejava voltar no dia seguinte para caçar todos os quadrúpedes existentes na ilha. Não podia prever os próximos acontecimentos!

Às seis da tarde voltamos à praia. Nosso bote continuava onde o deixáramos. A pouca distância, o Nautilus flutuava.

Ned Land começou a preparar o jantar. Era excelente cozinheiro. As costeletas do porco-do-mato, grelhadas nas brasas, perfumavam o ar.

Eu mesmo estava em êxtase diante de uma fritada de porco!

Fruta-pão, mangas, abacaxis e água de coco completaram a refeição. Comemos com enorme apetite!

— E se não voltássemos para o Nautilus hoje à noite? — indagou Conseil.

— Se nunca mais puséssemos os pés nesse submarino? — continuou Ned Land.

O canadense nem pôde continuar. Uma pedra caiu a nossos pés.

22
O RAIO DO CAPITÃO

Encaramos a floresta, sem nos mover. Somente Ned continuou a comer.

— Uma pedra não cai do céu — observou Conseil.

Uma segunda pedra arrancou uma coxa de pombo da mão de Conseil. Imediatamente nos levantamos, erguendo as espingardas.

— São os nativos! — disse Conseil.

— Para o bote! — gritei.

Vinte selvagens, armados de arcos e fundas, apareceram na orla da floresta. O barco estava a vinte metros. Eles se aproximavam demonstrando hostilidade. Pedras e flechas choviam em nossa direção.

Voamos para o barco. Ainda conseguimos embarcar as armas e provisões. Remamos vigorosamente. Dali a pouco, já havia cem selvagens na praia. Muitos entraram na água para nos perseguir. Olhei para o Nautilus, na esperança de que o barulho tivesse atraído alguns defensores. Ninguém!

Remamos com todas as nossas forças!

Vinte minutos depois estávamos a bordo. Fui para o salão, de onde se ouviam alguns acordes. O capitão Nemo tocava o piano, mergulhado na música.

— Capitão! — exclamei.

Nem me ouviu.

— Capitão! — voltei a dizer, tocando-o de leve.

Ele estremeceu. Voltou-se.

— É o senhor, professor? Caçou muito? Encontrou plantas interessantes?

— Sim, capitão. Mas estamos sendo perseguidos pelos selvagens!

— A quem se refere? — quis saber o capitão.

— Aos selvagens que habitam a ilha!

— Por que os chama de selvagens? Acaso são piores do que os homens a quem chama de civilizados?

— Não é o momento para debater conceitos filosóficos, capitão. Se não quiser receber alguns a bordo, deve tomar precauções.

— Fique calmo, professor. Não há motivo para se preocupar.

— Mas eles são numerosos.

— Quantos calcula?

— Uns cem.

— Senhor Aronnax, mesmo que todos os nativos das ilhas estivessem reunidos na praia, o Nautilus não teria motivo para temer ataques.

O capitão voltou a tocar. Dali a pouco, esquecera minha presença.

Voltei à plataforma. A noite caíra. Na praia, os nativos haviam acendido fogueiras. Permaneci várias horas olhando para a ilha e admirando a noite tropical. Por volta da meia-noite, voltei ao meu camarote. Dormi. Apesar das escotilhas abertas, os papuas não tentaram entrar durante a noite.

Às seis da manhã, voltei a subir na plataforma. Os nativos continuavam na praia em número ainda maior que na véspera. Havia cerca de quinhentos ou seiscentos. Alguns, aproveitando a maré baixa, haviam nadado até os recifes de coral, a quatrocentos metros do Nautilus. Podia vê-los perfeitamente. Tinham estatura atlética, testa larga, nariz chato e dentes muito brancos. Os cabelos pintados de vermelho e a pele escura. Do lóbulo das orelhas pendiam correntes de ossos. Na maioria, estavam nus. Algumas mulheres vestiam tangas de palha. Alguns chefes tinham colares de miçangas brancas e vermelhas no pescoço. Armados de arcos, flechas, escudos e fundas, traziam sacos com pedras nos ombros. Um dos chefes, bem próximo, examinava o submarino com atenção. Devia ser muito importante, pois se cobria com folhas de bananeira, pintadas de cores brilhantes.

Fizeram gestos, chamando-me para ir à terra. Preferi não aceitar! Quando a maré começou a subir, os nativos nadaram de volta para a praia. Seu número aumentara ainda mais. Deviam estar vindo das ilhas vizinhas.

De acordo com os cálculos do capitão, aquele seria nosso último dia no local. Se estivesse certo, com a Lua cheia a maré nos desencalharia. Passei o dia observando os nativos, preocupado com suas intenções.

Conseil subiu à plataforma.

— Os nativos não parecem tão maus assim — comentou.

— Mas são canibais — afirmei.

— Talvez seja possível ser canibal e bom sujeito ao mesmo tempo — filosofou Conseil. — Uma coisa não exclui a outra.

— Bem, Conseil, acredito que devorem honestamente seus prisioneiros. Mas como não faço questão de ser devorado, mesmo com toda honestidade possível, estou de sobreaviso! Mesmo porque o capitão Nemo não parece disposto a tomar nenhuma precaução!

Resolvemos pescar. Lançamos as redes. Durante duas horas, nada conseguimos de interessante aos meus olhos de professor de História Natural. De repente, entre as conchas comuns, a rede trouxe uma especial.

— Veja esta concha, Conseil! — exclamei.

— Parece tão comum, senhor.

— É uma concha sinistra!

— Que significa isso?

— Olhe a espiral! Vai da esquerda para a direita.

De fato, era raríssima. A natureza parece seguir uma lei, segundo a qual tudo se move da direita para a esquerda. Os homens costumam ser, na maioria, destros, e não canhotos. Os astros e seus satélites, no movimento de translação, movem-se da direita para a esquerda. A natureza segue lei semelhante, em relação às espirais das conchas. A espiral sinistra é raríssima.

— Vai enriquecer o Museu de Paris, quando voltarmos! — exclamei.

Nesse instante, uma pedra esmigalhou a concha, nas mãos de Conseil.

Gritei de desespero. Havia um nativo. E nos mirava novamente, de funda em punho! Conseil ergueu a espingarda. Quis detê-lo, mas era tarde. O tiro partiu o bracelete de amuletos que pendia do braço do homem.

— Conseil! Uma concha não vale uma vida! — gritei.

— Mas foi ele quem atacou primeiro!

Olhei em torno. Absortos na pescaria, não percebêramos que a situação mudara para pior. Vinte pirogas cercavam o Nautilus. Eram cavadas em troncos de árvores, compridas e estreitas. E se aproximavam cada vez mais!

Era evidente que os papuas já haviam entrado em contato com europeus. Conheciam suas embarcações. Mas que pensariam daquele comprido cilindro de metal? Inicialmente, acredito, ficaram temerosos. Mas vendo que estava imóvel, readquiriram a confiança.

As pirogas estavam agora muito perto! Uma chuva de flechas caiu sobre o Nautilus.

— Podem estar envenenadas! — gritou Conseil.

— Vamos avisar o capitão Nemo! — falei, descendo a escada.

Fui para o salão. Deserto. Bati no camarote do capitão.

— Entre! — disse ele.

Estava imerso em cálculos aparentemente muito complexos.

— Eu o incomodo? — perguntei.

— Sem dúvida, professor. Mas deve ter um bom motivo para isso.

— As pirogas dos nativos já nos cercaram, capitão. Em poucos minutos, centenas deles entrarão no Nautilus.

— Ah, vieram em pirogas! — exclamou tranquilamente o capitão.

— Basta fechar as escotilhas.

Apertou um botão, transmitindo suas ordens à tripulação.

— As escotilhas estão bem fechadas, professor. Não há motivo para continuar com a preocupação.

— Mas amanhã teremos que renovar o ar!

— É evidente. Esse é o sistema do Nautilus.

— E se os papuas estiverem na plataforma? Será impossível impedi-los de entrar.

— Pois bem, eles que tentem. No fundo, são uns pobres coitados. Não quero que minha visita a esta ilha custe a vida de um só deles!

Ia retirar-me. Mas o capitão convidou-me a sentar. Quis saber sobre nossas explorações em terra. Contei sobre a caçada. Ele não entendia a necessidade de carne que tanto atormentava o mestre Land. Em seguida, conversamos sobre vários assuntos. Principalmente sobre o Nautilus, encalhado no estreito. Ele me tranquilizou a respeito mais uma vez.

— Amanhã, às duas e quarenta da tarde, o Nautilus flutuará! — garantiu.

Voltei ao meu camarote. Conseil me esperava.

— O que disse ele a respeito dos nativos? — quis saber.

— Está absolutamente tranquilo. O melhor é tentarmos dormir em paz.

Procurei o canadense com os olhos.

— E Ned, onde está?

— Conseguiu entrar na cozinha e está assando uma torta de canguru!

Conseil me deixou. Deitei-me, mas dormi muito mal. Ouvia o som dos passos dos nativos na plataforma. Seus gritos ensurdecedores. Mas não vi sinal de nenhum tripulante. Todos pareciam tão calmos quanto o capitão.

Às seis da manhã me levantei. As escotilhas continuavam fechadas. O ar não foi renovado. Mas o reservatório funcionou, lançando oxigênio em nossa atmosfera empobrecida.

Fiquei em meu camarote até o meio-dia. Não vi o capitão. Não havia nenhum preparativo para a partida. Voltei ao salão. "O Nautilus voltará a flutuar, como acredita o capitão?", pensei. De repente, senti o casco estremecer. Ouvi rangidos.

Às duas e trinta e cinco o capitão foi ao salão e anunciou:

— Vamos partir!

— Ah!

— Já dei ordem para abrirem as escotilhas e renovarmos o ar!

— E os papuas? Vão invadir o Nautilus, capitão!

— De que modo?

— Entrando pelas escotilhas, por onde mais?

— Senhor Aronnax, ninguém entra por nossas escotilhas, mesmo quando estão abertas.

Surpreso, eu o encarei.

— Que quer dizer?

— Espere e verá.

Fui até a escada central. Ned e Conseil, muito espantados, observavam alguns tripulantes que abriam as escotilhas. Gritos de guerra soavam do lado de fora.

Mal as portas se abriram, pude ver vinte rostos enfurecidos, prestes a nos atacar.

Mas o primeiro dos nativos que pôs a mão sobre a rampa da escada foi lançado para trás por uma força invisível. Fugiu, dando gritos aterrorizados. Dez nativos fizeram a mesma tentativa de entrar. Com todos aconteceu o mesmo.

Conseil estava muito surpreso. Ned Land não pensou, quis agir! Lançou-se para a escada, decidido a enfrentar os nativos. Mas assim que apoiou as duas mãos, também caiu para trás com um grito.

— Com mil demônios!

Só então entendi. A escada de metal fora ligada à eletricidade.

Quem a tocasse, levava um tremendo choque. Dependendo da voltagem, seria perigoso matar alguém. Mas o capitão tivera o cuidado de deixar uma intensidade suficiente para assustá-los sem causar maiores danos. Entre nós e os atacantes havia uma barreira elétrica!

Os papuas bateram em retirada, loucos de medo. Ned Land praguejava, ainda com os cabelos em pé!

Naquele momento o Nautilus, erguido pela maré, deixou seu leito de coral. A hélice voltou a bater as águas. Navegando na superfície, abandonamos sãos e salvos os perigosos canais do estreito de Torres.

23
DE VOLTA À CELA

No dia seguinte, dez de janeiro, voltamos a submergir e a navegar em grande velocidade. A hélice girava com tal rapidez que eu nem conseguia acompanhar seu ritmo.

Quando penso que a eletricidade era capaz de dar calor e luz ao Nautilus e ainda o protegia contra os ataques externos, fico fascinado. Minha admiração também se estende ao engenheiro que o criara.

Navegávamos para oeste. Dia onze dobramos o cabo Wessel, na ponta oriental do golfo da Carpentária. Dia treze chegamos ao mar de Timor[66] e avistamos a ilha de mesmo nome.

[66] O Timor Leste foi colônia portuguesa desde que os europeus chegaram à ilha, em 1512, até 1975, quando os timorenses declararam independência. Mas a Indonésia, país que ocupa todas as ilhas ao redor do Timor, invadiu o país na mesma semana e o anexou ao seu território. A ocupação militar indonésia levou à resistência armada, que lutava usando táticas de guerrilha. A situação permaneceu tensa até 1999, quando

Essa ilha é governada por rajás. Esses príncipes se dizem descendentes de crocodilos. Segundo pensam, é a mais alta origem que um ser humano pode atingir. Os crocodilos vivem em paz nos rios da ilha e recebem especial veneração. São protegidos, ganham oferendas! Em um ritual, lindas moças lhes são atiradas. E é claro, devoradas! Pobre do estrangeiro que ousar levantar a mão contra esses lagartos sagrados!

Mas só vi Timor por um instante, da plataforma. A partir desse ponto, o Nautilus navegou em direção ao oceano Índico. Fiquei curioso. Para onde pretendia nos levar o capitão?

Dia catorze de janeiro já não víamos terra alguma. A velocidade do Nautilus diminuiu. O capitão Nemo aproveitou para realizar várias experiências, observando as diferentes temperaturas das águas de acordo com a profundidade. Também demonstrou para mim as variações de densidade e salinidade. Eu me perguntava: "Por que me ensina tudo isso? Pretende, talvez, oferecer seu conhecimento para a humanidade?!".

Dia dezesseis, o Nautilus permaneceu imóvel a alguns metros da superfície. Imaginei

um referendo popular exigiu que a Indonésia se retirasse do Timor. Depois de uma escalada de violência sem precedentes, a ONU enviou tropas de paz que ocuparam Dili, a capital. Hoje, o Timor é um país que ainda tenta se recuperar e reconstruir sua infraestrutura.

que estivessem sendo realizados reparos. Os painéis foram abertos. Observei o oceano através das paredes de vidro. Só via sombras. Subitamente, fomos envolvidos por uma grande luminosidade. Supus que o farol fora aceso. Mas estava enganado.

O Nautilus flutuava em meio a uma camada fosforescente! Era produzida por milhares de organismos luminosos, cujo brilho aumentava quando roçavam no casco metálico. Havia clarões no meio das manchas, como torrentes de chumbo fundido numa fornalha ardente. Era uma luz viva!

Durante várias horas flutuamos nas ondas brilhantes. Vimos golfinhos brincarem nas águas luminosas.

Assim continuamos a viagem, sempre encantados com alguma maravilha.

Os dias passavam rapidamente. Já nem os contava. Ned, escravo de sua gula, tratava de variar o cardápio de bordo com o que ainda restava das provisões conseguidas em terra firme. Conseil observava os mares, sempre tentando classificar o que via de acordo com as espécies e famílias a que pertenciam.

Nem pensávamos na vida à nossa espera na superfície! Mas um acontecimento veio me lembrar que, por melhor que fosse o convívio, de fato éramos estranhos entre o capitão e seus companheiros.

O mar estava agitado. As ondas eram enormes. O vento soprava fortemente do leste. O barômetro anunciava uma tempestade.

Subi à plataforma. Vi ao longe um navio. O imediato o observava. Em seguida, foi para a escotilha. Esperava que pronunciasse a frase de todos os dias. Mas naquele dia disse outra, também incompreensível. Quase imediatamente, o capitão Nemo subiu. Observou o horizonte com sua luneta, pensativo.

Permaneceu imóvel, depois de observar o navio. Baixou a luneta e trocou algumas palavras com o imediato, que parecia sentir grande emoção. Controlando-se melhor, o capitão Nemo continuava frio. Parecia fazer algumas objeções às palavras do imediato, que falava rapidamente. Foi o que entendi, pela diferença entre o tom e os gestos.

Fixei os olhos na direção apontada, mas só vi o navio ao longe. O céu e a água confundiam-se no horizonte.

O capitão andava de uma extremidade a outra da plataforma, sem me olhar. Parou muitas vezes com os braços cruzados no peito. Qual seria o motivo de sua preocupação?

O imediato apontou a luneta novamente. Voltou a observar o horizonte, nitidamente nervoso. A uma ordem do capitão, começamos a navegar em maior velocidade. Mais uma vez, o imediato falou com o capitão. Conversaram, em tom sério. Curioso, desci ao salão e peguei uma luneta. Voltei, decidido a tirar minhas próprias conclusões.

Ainda não colocara os olhos na luneta, quando ela me foi arrancada violentamente das mãos. O capitão Nemo estava à minha frente. Mal o reconheci. Seu olhar brilhava com um fogo sombrio. A expressão mostrava-se carregada. O corpo rígido. Os punhos fechados testemunhavam um ódio violento. Não se mexia. Assustei-me. Teria eu provocado tal raiva? Descobrira algum de seus segredos?

Não! Certamente não! Por fim, recuperou o autodomínio. Voltou a assumir a expressão habitual de calma. Falou em língua estrangeira com o imediato. Depois, dirigiu-se a mim:

— Senhor Aronnax, exijo que cumpra o compromisso que assumiu.

— Do que se trata, capitão?

— Tem que se deixar trancar juntamente com seus companheiros, até o momento em que eu julgue que devo lhe restituir a liberdade de movimentos.

— O senhor é quem manda. Mas posso fazer uma pergunta?

— Nenhuma, senhor Aronnax. Nenhuma.

Não havia possibilidade de discutir. Era melhor obedecer. Desci até o camarote de Ned Land e Conseil. Comentei sobre a situação. Não houve tempo para nenhuma outra explicação. Quatro homens vieram até a porta. Fomos levados à cela onde passáramos nossa primeira noite a bordo do Nautilus.

Ned Land ainda tentou reclamar. Mas a porta foi fechada.

— Tem ideia do que significa isso, senhor? — perguntou Conseil.

Contei o que se passara na plataforma. Meus companheiros se espantaram, sem entender o motivo do que estava acontecendo. Quanto a mim, refletia, a expressão do capitão Nemo não me saía da cabeça. Formulava hipóteses. Nenhuma satisfatória. Fui despertado pela exclamação de Ned Land.

— Temos jantar!

A mesa estava posta. O capitão dera a ordem para nos servirem a refeição antes de nos prenderem.

— Posso lhe dar um conselho, senhor? — perguntou Conseil.

— Quantos quiser, rapaz!

— Coma, que é melhor. Não sabemos quando teremos uma nova refeição, presos aqui!

Concordei. Sentamo-nos. Comi pouco. Conseil também parecia se forçar. Ned Land demonstrou o apetite habitual, embora voltasse a reclamar do cardápio à base de peixe. Em seguida, acomodamo-nos, cada um em seu canto.

A luz apagou-se. Ficamos na mais profunda escuridão. Ned Land adormeceu. Para minha surpresa, Conseil também. Dali a pouco, também senti um pesado torpor. Meus olhos fecharam-se. Era evidente que tinham misturado soporíferos com a comida! "O que o capitão precisa manter em tão absoluto segredo? Não basta nos prender?", ainda me perguntei.

Não pude resistir ao sono. As pálpebras pareciam de chumbo. Tive alucinações. Depois, caí profundamente adormecido.

24
O REINO DE CORAL

Acordei me sentindo descansado. Para minha surpresa, já estava de volta a meu camarote. Meus companheiros também deviam estar acomodados. Certamente também não fizeram ideia do que ocorrera durante a noite. Só por sorte eu poderia decifrar o mistério!

Pensei em deixar meu quarto. Fui à porta. Estava destrancada. Minha relativa liberdade fora devolvida! A escotilha estava aberta. Subi à plataforma.

Ned Land e Conseil já estavam lá. Conversamos. Como eu pensava, nada sabiam. Haviam tido o mesmo sono pesado que eu. E ficaram admirados ao acordarem em suas camas!

O Nautilus parecia tranquilo e misterioso como sempre. Ned Land observou o mar com seus olhos penetrantes. Estava deserto.

Após renovar a atmosfera, o Nautilus submergiu. Várias vezes voltou à superfície, o que não era habitual. Em todas, o imediato subia à plataforma. Quanto ao capitão Nemo, não apareceu. Só o rapaz de sempre veio nos trazer as refeições.

Quando eu estava no salão, o capitão entrou. Cumprimentei-o. Respondeu com um aceno leve, sem me dirigir a palavra. Voltei a classificar minhas notas. Pouco depois, o observei. Parecia fatigado. Os olhos, vermelhos pela falta de sono. A fisionomia revelava um profundo sofrimento. Ia e vinha. Sentava-se. Tornava a levantar-se. Abria um livro ao acaso, mas o fechava imediatamente. Parecia mergulhado em uma grande angústia.

Por fim, perguntou-me:

— É médico, senhor Aronnax?

Eu o encarei, pasmo. Que pergunta inesperada!

— É médico? — repetiu. — Vários estudiosos da História Natural dedicaram-se antes à medicina.

— Na verdade, sou médico sim. Já fui interno em hospitais. Exerci a profissão por muitos anos, antes de trabalhar no museu.

Era evidente que minha resposta satisfizera o capitão. Aguardei por novas perguntas, sem saber aonde queria chegar.

— Senhor Aronnax, está disposto a tratar de um de meus homens?

— Está doente? Sem dúvida!

— Venha, por gentileza.

Meu coração batia com força. Pressenti haver alguma conexão entre o estado do tripulante e os acontecimentos da véspera. Também esperava fazer o melhor pelo enfermo. O capitão Nemo levou-me à parte de trás do Nautilus. Entrei em uma cabine.

Sobre a cama estava deitado um homem de seus quarenta anos. Inclinei-me sobre ele. Não se tratava de um simples doente, mas de um ferido. Envolvida em faixas ensanguentadas, a cabeça descansava sobre um duplo travesseiro. Tirei as faixas. Apesar de obviamente sentir dor, o homem não deu um gemido.

O ferimento era horrível. O crânio, esmagado por um instrumento contundente, mostrava o cérebro. Havia coágulos de sangue. A respiração do doente era lenta. Alguns movimentos espasmódicos o agitavam. O movimento já fora afetado.

Tirei sua pulsação. Era intermitente. A morte se aproximava. Tratei do homem da melhor maneira que pude. Envolvi a cabeça com novas faixas. Perguntei ao capitão:

— Qual a origem do ferimento?

— Que importa? — respondeu de maneira evasiva. — Um choque do Nautilus quebrou uma alavanca, que atingiu o homem. Qual a sua opinião?

Hesitei em falar.

— Pode dizer. Ele não compreende francês.

— Estará morto em duas horas! — respondi.

— Não é possível salvá-lo?

— Lamento, mas não há nada a fazer. O cérebro foi atingido de maneira irreversível.

Algumas lágrimas desceram dos olhos do capitão. Eu nunca pensara ver aquele homem chorar!

Fiquei junto ao doente, cuja vida terminava. A palidez aumentava. Notei sua expressão inteligente, mas com marcas de tristeza e infelicidade.

— Pode retirar-se, senhor Aronnax — disse o capitão.

Voltei para meu camarote, ainda emocionado com a cena. Durante todo o dia tive péssimos pressentimentos. Dormi mal. Na madrugada, pensei ouvir um cântico fúnebre na língua estranha que todos falavam. De manhã, subi à plataforma. O capitão Nemo já estava lá.

— Senhor professor, está disposto a fazer hoje uma excursão submarina? — perguntou.

— Posso levar meus companheiros?

— Se assim desejar...

— Estamos às ordens, capitão.

— Venham pôr os escafandros.

Fui chamar Conseil e Ned Land. O canadense, arrependido de não ter ido à excursão anterior, desta vez aceitou prontamente.

Colocamos os escafandros. O capitão Nemo nos esperava, com doze tripulantes. Saímos para o fundo do mar.

Um ligeiro declive nos levou a trinta metros de profundidade. O solo era completamente diferente do que eu visitara sob as águas do Pacífico. Era o reino do coral!

Ao longo do tempo, o coral já foi classificado no reino mineral, vegetal e animal. Somente em 1750 foi classificado definitivamente no reino animal.

Coral é um conjunto de organismos reunidos num polipeiro[67] frágil e pétreo. Esses pólipos têm um único gerador, que se multiplica. Cada organismo possui uma existência particular, mas ao mesmo tempo participa da vida comum. Nada poderia ser mais interessante do que visitar uma floresta de coral!

[67] A rigor, o "polipeiro" é a casca calcária onde vive um pólipo em simbiose com uma alga (que é a responsável pela coloração dos corais, por exemplo).

Acendemos nossas lanternas. A luz produzia efeitos fascinantes ao passarmos pelas ramificações de coral tão vivas. Peixes rápidos nadavam entre nós. Vi "flores". Na verdade, organismos vivos que, diante da aproximação de minha mão, recolhiam-se em seus estojos vermelhos.

As moitas rareavam. Os corais tornaram-se mais altos. Verdadeiras florestas petrificadas, fruto de uma arquitetura fantástica, descortinaram-se a meus olhos. O capitão Nemo entrou por uma galeria estreita, cuja inclinação nos levou a cem metros de profundidade. Nossas lanternas produziam efeitos mágicos nas paredes de coral.

Finalmente, depois de duas horas, chegamos a cerca de trezentos metros de profundidade. Exatamente no limite onde o coral começa a se formar. Já não via formações isoladas, mas a floresta imensa, com grandes vegetações minerais, enormes árvores petrificadas! Que espetáculo incrível! Só lamentava não poder expressar minhas sensações, devido ao escafandro!

O capitão Nemo parou. Eu e meus companheiros fizemos o mesmo. Notei que os tripulantes formavam um semicírculo ao redor do capitão. Percebi que quatro deles transportavam um objeto longo. Observei o solo. Notei algumas elevações dispostas com uma regularidade que denunciava a ação do homem. Ao meu lado, Ned Land e Conseil também esperavam.

No meio da clareira, sobre um pedestal de rochedos grosseiramente amontoados, havia uma cruz de coral com longos braços. A um sinal do capitão Nemo, um dos homens avançou. Começou a abrir uma cova com uma picareta que havia trazido à cintura.

Compreendi tudo. Estávamos em um cemitério. O objeto trazido pelos quatro homens era de fato o corpo do tripulante falecido. O capitão Nemo viera enterrar o companheiro no fundo do oceano!

Era impressionante!

O túmulo se abriu. Em pouco tempo, havia espaço para receber o corpo.

Os que transportavam o cadáver aproximaram-se. Com cuidado, o cadáver foi descido à sepultura. O capitão Nemo e seus tripulantes se ajoelharam, em atitude de oração. Eu e meus companheiros nos inclinamos em respeito.

O túmulo foi coberto com pedaços de coral. Formou-se mais uma pequena elevação.

Quando o trabalho terminou, o capitão e seus homens se levantaram. Aproximaram-se do túmulo e estenderam as mãos em sinal de adeus eterno.

Voltamos a caminhar em direção ao Nautilus.

Uma hora depois, estávamos em seu interior. Logo depois, voltei à plataforma. O capitão Nemo também subiu.

— O homem morreu durante a noite, como previ, capitão?

— Sim, senhor Aronnax. E agora repousa junto de seus companheiros no cemitério de coral. Esquecido por todos, mas não por nós!

O capitão escondeu o rosto com um gesto brusco. Abafou um soluço.

— Ali é nosso tranquilo cemitério, a algumas centenas de metros da superfície das ondas!

— Seus homens descansam tranquilamente, capitão — disse eu. — Longe da fúria dos tubarões.

O capitão Nemo respondeu pesaroso:

— Sim, senhor. Longe dos tubarões e dos homens!

Segunda parte

1
O OCEANO ÍNDICO

Aqui começa a segunda parte dessa viagem sob os mares.

O capitão Nemo vivia unicamente no mundo das águas. O que mais me impressionava era a desconfiança feroz, implacável, que demonstrava sobre a sociedade.

O mistério de sua vida me fascinava. Conseil, meu criado, via no capitão um gênio incompreendido que, por não ter sido valorizado pela humanidade, reagia com absoluto desprezo. Na minha opinião, o mistério era muito mais profundo. Não me esquecera da fúria com que me arrancara a luneta das mãos, quando tentei descobrir o motivo de sua raiva. Da noite em que fôramos encerrados na cela. Do sono provocado por algum narcótico. E, principalmente, do ferimento inexplicável na cabeça do marinheiro. Suspeitava que seu submarino fosse utilizado para terríveis vinganças!

Éramos prisioneiros, eis a verdade. Apesar do tratamento generoso, não podíamos fugir do Nautilus. Não me sentia preso pela palavra. Estava dividido por dois sentimentos. Eu e meus companheiros poderíamos tentar fugir na primeira oportunidade. Por outro lado, também desejava realizar a viagem pelo mundo submarino que o capitão nos prometera. Mesmo que nunca mais conseguisse sair de lá, não queria perder a chance de conhecer aquele mundo fascinante.

Dia vinte e um de janeiro de 1868, ao meio-dia, o imediato foi medir a altura do Sol. Eu estava na plataforma. Já percebera que ele não entendia francês. Um marinheiro robusto limpava os vidros do farol. Aproveitei para examinar o aparelho. Era magnífico. A lâmpada elétrica estava colocada de forma a brilhar com toda a intensidade possível com um gasto mínimo de energia! Pouco depois, desci. As escotilhas se fecharam e submergimos.

Atravessávamos o oceano Índico. Trata-se de uma vasta planície líquida, cujas águas são transparentes a ponto de provocarem vertigens em quem se debruça sobre elas. Navegávamos a uma profundidade de cem a duzentos metros. Eu passava os dias devorando os livros da biblioteca ou assistindo ao espetáculo oferecido pelo fundo do mar quando os painéis de metal deslizavam, deixando livres as paredes de vidro. Muitas vezes vi espécies que ninguém mais conhecia!

Às vezes caçávamos aves aquáticas, como as gaivotas e os albatrozes. As redes trouxeram tartarugas e, sempre, peixes variados. Dia vinte e quatro ladeamos as ilhas Keeling. Em seguida nos aproximamos da península indiana.

— Terras civilizadas! — disse-me Ned Land, na plataforma. — Na Índia, professor, há trens, estradas, cidades inglesas[68]. É a nossa chance!

— De jeito nenhum, Ned — respondi firmemente. — O Nautilus se aproximará de outros continentes habitados. Quando estivermos próximos da Europa, veremos o que fazer. Mesmo porque dificilmente o capitão nos permitirá caçar na costa da Índia, como nas florestas da Nova Guiné.

— Não podemos ir sem licença?

Não respondi ao canadense. Pressentia uma reação terrível por parte do capitão, se tentássemos fugir.

A partir das ilhas Keeling, nossa viagem tornou-se bem mais lenta. Muitas vezes descemos a grandes profundidades. Mas não chegamos a tocar o solo. Uma vez passamos um dia inteiro navegando na superfície. Permaneci a maior parte do tempo na plataforma. A cer-

[68] A Inglaterra dominou o subcontinente indiano desde o final do século XVIII até 1947, quando o movimento pacifista liderado por Mahatma Gandhi conquistou a independência do país.

ta altura vi um vapor no horizonte, mas muito distante. E nada mais. Mas às cinco horas da tarde eu e Conseil assistimos a um espetáculo maravilhoso.

Vimos um animal cujo encontro, para os antigos, era presságio de boa sorte. É chamado de nautilus ou pompilio. Atualmente é conhecido como argonauta. Trata-se de um molusco com oito tentáculos, que se movem para trás por meio de um tubo locomotor. À medida que o tubo lança a água que aspira, ocorre o movimento. Observamos também suas conchas onduladas. Semelhantes a canoas, transportam o corpo dos moluscos.

— O argonauta poderia sair de sua concha, porque não é preso a ela. Mas nunca a deixa — expliquei a Conseil.

— O mesmo faz o capitão Nemo — comentou o rapaz.

A noite caiu. Voltamos para dentro.

No dia vinte e seis de janeiro entramos no hemisfério boreal[69].

Durante esse dia fomos acompanhados por terríveis esqualos[70], comuns nessas águas.

[69] Na mitologia grega, Bóreas é o deus vento que traz o frio do Norte. Por isso chama-se de boreal o hemisfério norte.

[70] Designação comum aos tubarões do gênero *Squalus*.

Possuíam dorso escuro, ventre esbranquiçado e dentes pontiagudos. Atiravam-se sobre nossas paredes de vidro com extrema violência. Era assustador. Ned Land queria subir à superfície e arpoar os monstros!

Mas logo o Nautilus aumentou a velocidade e deixou para trás os tubarões.

No dia seguinte, à entrada do golfo de Bengala, encontramos muitos cadáveres flutuando nas ondas. Eram os mortos das cidades indianas, arrastados pelo rio Ganges[71] até o alto-mar. Em seguida, as águas tornaram-se leitosas. Seria reflexo da Lua? Improvável.

Conseil não conseguia acreditar nos seus olhos.

— O que está acontecendo, professor?

— É o que se chama "mar de leite", Conseil. Vastas extensões de ondas brancas, frequentes nessas regiões.

— O que causa esse efeito?

— A brancura se deve a milhares de organismos, espécies de pequenos vermes luminosos, com um aspecto gelatinoso e incolor.

[71] Segundo a religião hindu, o rio Ganges é sagrado. Acredita-se que banhar-se em suas águas é como banhar-se no céu, pois purifica o espírito e aproxima o crente dos deuses. Segundo a tradição, o Ganges é uma ponte entre o mundo material e o espiritual. Daí o costume de lançar as cinzas dos mortos sobre suas águas. As almas podem ascender diretamente ao paraíso. Na Índia imperava o regime de castas. As castas mais pobres não podiam oferecer os rituais de cremação para os seus mortos, por isso jogavam os cadáveres intatos no Ganges.

Têm a espessura de um cabelo e seu comprimento não ultrapassa um quinto de milímetro. Às vezes aderem uns aos outros, em vastas extensões. Seu número é incalculável.

Durante um bom tempo, atravessamos o incrível "mar de leite".

Cerca de meia-noite, as águas retomaram a coloração habitual. Mas lá atrás, até os limites do horizonte, o céu, refletindo a brancura, parecia impregnado dos clarões de uma aurora boreal.

2
UM NOVO CONVITE

Dia vinte e oito de janeiro, quando o Nautilus voltou à superfície para renovar o ar, a costa estava próxima. Notei uma aglomeração de montanhas, com contornos bem recortados. Desci. Observei nossa posição na carta náutica. Havíamos chegado ao Ceilão[72].

O capitão Nemo e seu imediato vieram para o salão. Depois de examinar a carta náutica, o capitão disse:

— A ilha do Ceilão é célebre por suas pérolas[73], professor Aronnax. Quer visitar um pesqueiro?

— Sem dúvida!

[72] Ceilão era, naquela época, o nome do Sri Lanka, país insular localizado ao sul da Índia.

[73] A pérola é a forma de alguns moluscos bivalves se protegerem de machucados, parasitas ou outros corpos estranhos. A ostra secreta sobre o invasor uma substância chamada nácar. Com o tempo, mais camadas de nácar envolvem o invasor, formando a pérola. A iridescência da pérola é causada pelas refrações da luz nessas camadas de nácar.

— A temporada de pesca ainda não começou. Não encontraremos pescadores. Vamos até lá.

O imediato saiu. O capitão me explicou:

— Professor, pescam-se pérolas no golfo de Bengala, no mar das Índias, nos mares da China e do Japão, na América do Sul e no Panamá. Mas é no Ceilão que os resultados são melhores! Os pescadores costumam mergulhar segurando uma pedra presa ao barco por uma corda. Assim chegam ao fundo.

— Se tivessem escafandros iguais aos seus, capitão, ganhariam fortunas!

— Sim. Os pobres pescadores não conseguem ficar muito tempo debaixo d'água. A média é trinta segundos, embora alguns permaneçam muito mais. Nesse intervalo, colocam todas as ostras que conseguem pegar em uma pequena rede. Voltam ao barco já com os pulmões vazios!

— São bem pagos? — perguntei.

— Muito mal. Em geral ganham um mínimo por pérola encontrada. Mas muitas ostras estão vazias!

— É lamentável, capitão! — murmurei.

— Concordo. Mas tenho certeza de que gostará do passeio. Espero que não tenha medo de tubarões, senhor Aronnax.

— Não os considero muito amigáveis.

— Levaremos armas. Com sorte caçaremos algum no caminho!

Ao terminar de falar, o capitão Nemo deixou o salão. Passei a mão pela testa. Suava frio. "Caçar um tubarão? Seria menos perigoso correr atrás de um tigre!", pensei.

Estava horrorizado só de pensar nos tubarões. Em suas mandíbulas armadas com várias séries de dentes! Refleti: "Tomara que Conseil não queira ir. Se ele não for, também terei desculpa para me livrar do convite!".

Conseil e Ned Land entraram no salão, tranquilos. Nunca tinha visto o canadense tão alegre.

— O capitão Nemo acaba de nos fazer um convite muito amável! — disse ele.

— Já sabe? — surpreendi-me.

— Sim, nos convidou a visitar os pesqueiros de pérolas do Ceilão!

— E não lhes disse mais nada?

— Não, nenhum pormenor. Estou muito curioso.

— Será perigoso, mestre Land — acrescentei.

— Que risco há em visitar um banco de ostras?

— Senhor, pode nos dar detalhes sobre a pesca de pérolas? Que é, afinal, uma pérola? — pediu Conseil.

Respirei fundo.

— Para o poeta, é uma lágrima do mar. Para os orientais, uma gota de orvalho solidificado. Para as mulheres, uma joia. Para o naturalista, a secreção do órgão que produz o nácar em certos moluscos. O nácar é uma substância azul, azulada, violeta ou branca. As camadas vão se depositando ano após ano, formando a pérola.

— É possível encontrar várias pérolas numa só ostra?

— Sim, Conseil. Pérolas são muito valiosas. Há séculos encantam rajás, reis e rainhas. Na Antiguidade eram até dissolvidas em vinagre. Acreditavam ser um excelente remédio!

— Era um tratamento bem caro! — exclamou Ned Land.

— Sim! Contam que a rainha Cleópatra do Egito tomava diariamente sua porção.

— Eu mesmo já ofereci um colar de pérolas para uma moça! — contou Ned Land. — Ia me casar com ela. Depois do presente, ela se casou com outro! Mas não me custou tão caro.

— Provavelmente eram pérolas artificiais, Ned Land. Glóbulos de vidro com tinta no interior, para criar a aparência de pérolas.

— Talvez por isso ela tenha se casado com outro! — filosofou Ned.

Mostrei uma pérola exposta em uma vitrine do salão.

— Nenhum soberano deve ter possuído uma pérola superior a esta! Vale uma fortuna!

— Quem sabe não encontraremos outra igual? — disse Ned Land. — Ficaríamos ricos!

— Do que nos serviria uma fortuna aqui, a bordo do Nautilus? — perguntou Conseil.

— Aqui não. Mas, se escaparmos, uma pérola será muito útil!

— Só não entendo, professor, por que acha que a expedição pode ser perigosa, como disse no começo da conversa — insistiu Conseil.

— O maior risco é engolir água salgada! — brincou Ned Land.

— Não tem medo de caçar tubarões?

— Ora! Na minha profissão eu me divirto com eles!

— Mestre arpoador, não há risco em arpoar tubarões a bordo de um navio. É diferente de caçá-los no fundo do mar!

— Ora, não tenho medo — respondeu o arpoador.

— E você, Conseil, o que pensa?

— Se o senhor vai enfrentá-los, faço questão de estar junto!

Diante de tanta coragem, não pude desistir da caçada!

3
A MAIOR PÉROLA DO MUNDO

A noite caiu. Fui me deitar. Tive pesadelos em que me via cercado por tubarões! Às quatro da manhã um marinheiro me despertou.

Vesti-me e fui para o salão. O capitão já me esperava.

— Está pronto, senhor Aronnax?

— Claro que sim! E meus companheiros?

— Já nos esperam.

— E os escafandros?

— Ainda não vamos vesti-los. Iremos de barco até o banco de ostras. Só poremos os escafandros quando mergulharmos.

Fomos para a plataforma. Ned e Conseil esperavam entusiasmados. Cinco tripulantes nos aguardavam no barco, já retirado do compartimento onde era guardado.

Ainda estava escuro. Embarcamos. Navegamos em silêncio. Uma hora e meia depois, quando já amanhecia, estávamos a cinco milhas da margem. Às seis horas, com a claridade total, pude ver a terra claramente. A um sinal do capitão, lançou-se a âncora. O capitão nos ofereceu os escafandros. Perguntei pelas espingardas, para o caso de encontrarmos algum tubarão.

— Melhor levarmos punhais — disse o capitão. — Ponha este aqui na cintura.

Observei os outros. Ned Land levava também um arpão. Apavorado, já antecipava uma tragédia. Como seria atacar um tubarão com um simples punhal?!

Não havia como voltar atrás! Mergulhei com meus companheiros.

No fundo do mar, senti uma imensa calma. A facilidade dos movimentos me tranquilizou. E deparei com um espetáculo que excitou minha imaginação!

O sol iluminava o fundo das águas. Cardumes de peixes passavam por nós. Às sete horas, chegamos ao banco de ostras. O capitão Nemo apontou-me o enorme conjunto de ostras perlíferas, presas nos rochedos. Era um tesouro fantástico[74]. Ned Land

[74] Esse "tesouro inesgotável", na época em que se escreveu o livro, era encontrado nos mares da Austrália, no Sri Lanka, na costa do Japão e principalmente no golfo Pérsico. Mas, depois da invenção das pérolas cultivadas, as naturais ocorrem praticamente apenas no golfo Pérsico.

apressou-se a encher uma rede. Seguíamos o capitão. O terreno subia. Muitas vezes bastava esticar o braço para ultrapassar a superfície. Em seguida, o nível do banco baixava rapidamente. Víamos altos rochedos em forma de pirâmide onde se escondiam enormes crustáceos.

Chegamos a uma gruta gigantesca, rasgada em um conjunto de rochas atapetadas de algas. O capitão Nemo entrou. Fomos atrás. Descemos por algum tempo. Pisamos o fundo de um poço circular. O capitão Nemo apontou em uma direção.

Vi uma ostra de tamanho extraordinário. Sua largura ultrapassava os dois metros. Devia pesar trezentos quilos! Obviamente, o capitão Nemo já a visitara outras vezes. Demonstrou interesse particular em verificar o estado da ostra.

As duas partes da concha estavam entreabertas. O capitão introduziu seu punhal na abertura, para evitar que se fechassem. Levantou a membrana das bordas. No seu interior, havia uma pérola gigantesca. A forma globulosa e a limpidez perfeita tornavam-na uma joia de valor incalculável. Estendi a mão para apanhá-la. Mas o capitão me impediu. Retirou o punhal. Deixou a concha se fechar.

Compreendi sua intenção. Ao deixar a pérola coberta pela membrana, dava condições para que continuasse a crescer! Ele a criava, por assim dizer. Um dia poderia levá-la a seu museu, pois só ele conhecia a localização da gruta.

Voltamos para o banco de ostras perlíferas. Já não tinha medo. Passeava. Dez minutos depois, o capitão Nemo estacou repentinamente. Fez um gesto para nos escondermos na cavidade de um rochedo. Apontou em uma direção.

A cinco metros de distância apareceu uma sombra. Era um homem. Um indiano, que viera pescar antes da temporada. Apertava com os pés uma pedra presa em uma corda, para descer mais depressa.

Ao chegar ao fundo, encheu um saco com ostras perlíferas apanhadas ao acaso. Voltou a subir para sua canoa e a descer várias vezes. Sempre permanecendo cerca de trinta segundos sob as águas.

Não nos viu, devido à sombra do rochedo. Subitamente, quando estava novamente ajoelhado, colocando ostras no saco, ele fez um gesto de terror. Levantou-se e bateu os pés para subir à superfície.

Uma sombra gigantesca cobrira o pescador. Era um enorme tubarão que avançava em diagonal, com as mandíbulas abertas!

Fiquei mudo de horror. Imóvel!

O animal lançou-se sobre ele, que se atirou para o lado. Evitou a mordida. Mas o golpe da cauda o atirou longe.

A cena durou apenas alguns segundos. O tubarão voltou. Virou-se sobre o dorso, pronto para cortar o indiano em dois.

Mas o capitão Nemo nadou diretamente para o monstro, de punhal na mão.

O tubarão percebeu o novo adversário. Virou-se e nadou em sua direção.

Ainda vejo a posição do capitão Nemo. Dobrado sobre si mesmo, aguardou o tubarão com sangue-frio. Quando este se atirou sobre ele, o capitão jogou-se rapidamente de lado. Evitou o choque e enterrou o punhal em seu ventre.

O tubarão soltou uma espécie de rugido. O sangue jorrava em golfadas de suas feridas. O mar tingiu-se de vermelho. Era difícil enxergar!

Dali a pouco divisei o capitão agarrado a uma barbatana do monstro. Lutava corpo a corpo, rasgando o ventre do inimigo a punhaladas. O tubarão se debateu, criando um redemoinho.

Eu não conseguia me mover de tanto horror. O capitão soltou-se do animal. As mandíbulas do tubarão abriram-se, como uma enorme tesoura. O capitão parecia perdido! Mas, rápido, de arpão em punho, Ned Land atirou-se sobre o esqualo. E o feriu! O tubarão se debatia com incrível furor. Mas Ned Land o atingira no coração!

O capitão ergueu-se sem qualquer ferimento. Foi até o indiano, caído no chão. Cortou a corda que o ligava à pedra. Tomou-o nos braços e subiu à superfície.

Nós três o seguimos. Em minutos, chegamos à canoa do pescador.

O capitão tratou de fazê-lo voltar à vida, com muitas fricções. Aos poucos, o afogado recuperou os sentidos. Abriu os olhos. Que surpresa deve ter tido! Como deve ter ficado apavorado ao ver quatro cabeças de cobre inclinadas sobre ele!

O capitão Nemo retirou do bolso um pequeno saco de pérolas e pôs em suas mãos. O pescador o recebeu com as mãos trêmulas. Seus olhos expressavam um enorme agradecimento. E também a mais absoluta surpresa.

Mergulhamos em seguida. Retornamos. Encontramos a âncora que marcava a posição de nosso barco. Subimos e nos livramos dos escafandros.

A primeira palavra do capitão foi para o canadense.

— Obrigado, mestre Land — agradeceu.

— Eu lhe devia isso, capitão. Já me salvou uma vez.

O capitão sorriu levemente.

— Para o Nautilus — ordenou.

Partimos rapidamente. Alguns minutos depois vimos o cadáver do tubarão flutuando. Era gigantesco.

Às oito e trinta estávamos de novo no interior do submarino.

Meditei sobre o passeio. Sem dúvida, a coragem do capitão era muito grande. Sua dedicação a outro ser humano também. Pusera sua vida em risco para salvar um pescador indiano! Apesar de tudo o que afirmava, esse homem estranho ainda não aniquilara o próprio coração.

Quando o elogiei, o capitão me respondeu.

— Esse indiano, professor, é habitante do país dos oprimidos. Como ele, eu também pertenço e pertencerei até meu último suspiro a esse mesmo país!

4
O Mar Vermelho

A ilha do Ceilão desapareceu do horizonte. Atravessamos os canais que separam as ilhas Maldivas das Laquedivas. Chegamos às sete mil e quinhentas léguas desde o ponto de partida nos mares do Japão!

Estávamos próximos ao golfo Pérsico. Ned Land comentou:

— Para onde vamos?

— Para onde nos conduzir a imaginação do capitão Nemo! — respondi.

— Se entrarmos pelo golfo Pérsico, teremos de voltar pelo mesmo caminho — comentou o arpoador. — Não há saída.

— Pode ser que ele pretenda ir até o mar Vermelho — respondi.

— O mar Vermelho não é menos fechado que o golfo, professor. O istmo de Suez ainda não está aberto[75]. Não será por esse caminho que voltaremos à Europa.

— Não disse que voltaríamos à Europa. Suponho que depois de visitar a Arábia e o Egito, o Nautilus voltará ao oceano Índico. Talvez passemos pelo cabo da Boa Esperança.

— Quando chegaremos à Europa?

— Mestre Land, não diga que continua aborrecido! Não me canso de ver as maravilhas submarinas! Acredite, não tenho pressa em terminar a viagem!

— Senhor Aronnax, estamos presos a bordo há três meses!

— Amigo Ned, para que se preocupar em fugir, se não há nenhuma possibilidade? Vamos aproveitar a viagem.

Ned Land se afastou resmungando.

Visitamos o mar de Omã. Depois a costa árabe do Maharah e do Hadramaut. Finalmente chegamos ao golfo de Áden. De longe, na plataforma, avistei suas fortificações, e os minaretes octogonais da cidade que foi, no

[75] O canal de Suez localiza-se no extremo leste da África e liga o mar Vermelho ao Mediterrâneo. Desde 1800 a.C. o canal foi escavado, destruído, restaurado sucessivamente até o século VIII da era Cristã, quando foi destruído. Entre 1859 e 1869, o canal foi reconstruído por uma empresa francesa. Ao término das obras, a propriedade do canal estava dividida entre franceses e egípcios. Os egípcios venderam sua parte do canal para os ingleses. Em 1956, Gamal Nasser nacionalizou a empresa do canal de Suez. O canal é vital para as rotas comerciais que ligam o leste africano, o Oriente Médio e o oceano Índico aos mercados europeus.

passado distante, o entreposto comercial mais rico da região.

Pensei que voltaríamos. Mas o capitão Nemo continuou à frente. No dia sete de fevereiro entramos no estreito de Bab el Mandeb. Finalmente, chegamos ao mar Vermelho.

Célebre pelas tradições bíblicas, o mar Vermelho é de fato um lago. Nenhum rio importante nele desemboca. É sugado por uma evaporação constante. Todos os anos perde uma camada líquida de cerca de um metro e meio[76]! Mais exatamente, é uma espécie de golfo que, se fechado, como um simples lago, acabaria secando completamente. Tem dois mil e seiscentos quilômetros de comprimento, e largura média de duzentos e quarenta quilômetros. No tempo dos reis egípcios da dinastia dos Ptolomeus, e durante o domínio romano, foi a grande artéria comercial do mundo.

[76] Dados mais recentes apontam para uma perda anual de 2 metros.

Não entendi o motivo pelo qual o capitão Nemo nos levara para lá. Mas fiquei satisfeito. Pude observar tanto as profundezas quanto a parte superior desse curioso mar, nas subidas à superfície.

Dia oito de fevereiro avistamos Moka, cidade agora arruinada, mas de grande importância no passado. Cercada por muralhas, defendia-se de qualquer invasor. Em seguida nos aproximamos da costa africana, onde a limpidez do mar era incrível. Através das paredes envidraçadas, admirei moitas de corais cintilantes e rochedos revestidos de algas. Vi também mil espécies de esponjas. A esponja não pertence ao mundo vegetal, mas ao animal. Juntamente com Conseil, descobri esponjas de todas as formas, presas aos rochedos e às conchas dos moluscos!

No dia seguinte encontrei o capitão na plataforma. Queria descobrir seus planos.

— O mar Vermelho o agrada, professor? — perguntou ele.

— Sim, capitão Nemo. Observei à vontade as maravilhas que suas águas escondem. Também admirei as cidades nas margens. O Nautilus é um lugar perfeito para um estudioso. É, de fato, um barco inteligente.

— Sim, senhor. Inteligente e invulnerável! Não teme nem as terríveis tempestades do mar Vermelho.

— De fato, capitão. É tido como um dos piores do mundo para a navegação. Mas não para Nautilus!

— Quem sabe se no futuro haverá um segundo Nautilus! O progresso é lento, professor!

— Está avançado um século, capitão. Só espero que o seu segredo não desapareça com o inventor.

O capitão Nemo ficou em silêncio. Não me respondeu. Mudei de assunto.

— Capitão, já que estudou tanto esse mar, pode me dizer a origem de seu nome?

— Existem várias explicações, senhor Aronnax. Quer conhecer a opinião de um escritor do século XIV?

— Sem dúvida.

— Esse homem acreditava que o nome foi dado depois da passagem dos hebreus ao deixarem o Egito. O faraó e seus exércitos morreram nas águas, que se tingiram de sangue[77].

— É uma explicação poética mas improvável. Que pensa o senhor, capitão?

— O nome é uma tradução da palavra hebraica "edrom". Surgiu em virtude da coloração especial de suas águas.

— Até agora só vi águas límpidas!

— À medida que avançarmos para o fundo do golfo, o senhor terá outra impressão. Já vi a baía completamente vermelha, como se fosse um lago de sangue. Provavelmente o efeito é o resultado da presença de uma alga microscópica, de cor púrpura.

[77] Segundo a mitologia judaico-cristã, Moisés libertou os hebreus da escravidão no Egito e os guiou numa longa marcha rumo ao leste, em busca da terra prometida. Quando chegaram às margens do mar Vermelho, os hebreus ficaram desesperados, pois não tinham barcos para atravessar e estavam quase sendo alcançados pelos egípcios. Mas Moisés, movido por sua fé inabalável, clamou ao Senhor e este lhe disse que levantasse seu cajado para que o mar desse passagem ao seu povo. Moisés assim o fez e o mar se abriu durante toda a noite. Quando os hebreus terminaram a travessia, o Senhor disse a Moisés que novamente levantasse o seu cajado. Moisés assim o fez e o mar se fechou afogando o exército egípcio. Essa passagem está na Bíblia, no capítulo 14 do Êxodo.

Compreendi que não era a primeira vez que ele visitava o mar Vermelho.

Perguntei, curioso:

— Para onde iremos, em seguida?

— Estaremos no Mediterrâneo depois de amanhã.

— Impossível, capitão. Mesmo em alta velocidade, não há como dobrar o cabo da Boa Esperança em um prazo tão curto!

— Quem falou no cabo da Boa Esperança?

— A alternativa é navegar em terra firme, capitão!

— Ou por baixo, senhor Aronnax.

Espantei-me.

— Como assim?

— Há uma passagem subterrânea que chamei de túnel arábico. Já a atravessei várias vezes.

— Desculpe-me, mas como descobriu esse túnel?

— Por dedução, professor. Verifiquei que no mar Vermelho e no Mediterrâneo havia o mesmo tipo de peixe. Espécies idênticas. Perguntei a mim mesmo se não existiria comunicação entre os dois mares. Se houvesse, a corrente subterrânea deveria dirigir-se do mar Vermelho ao Mediterrâneo, devido à diferença de nível. Pesquei uma grande quantidade de peixes perto do Suez. Coloquei um anel de cobre em torno de suas caudas. E os joguei ao mar. Meses mais tarde, na costa da Síria, recuperei alguns deles. Ainda com o anel! Não tive mais dúvida. Havia uma passagem. Demorou, mas finalmente a descobri, e a atravessei. Em breve, também passará por ela!

5
O TÚNEL ARÁBICO

Quando contei a Ned Land e Conseil que em dois dias estaríamos no Mediterrâneo, o rapaz bateu palmas. Mas o canadense deu de ombros.

— Túnel submarino? Impossível! — reagiu.

— Não duvide de alguma coisa só porque nunca ouviu falar dela! — respondi.

— Veremos — retrucou Ned, sacudindo a cabeça.

À tarde, navegando na superfície, o Nautilus aproximou-se da costa árabe. No dia seguinte, vários navios cruzaram conosco. Voltamos a submergir. Ao meio-dia, voltou à linha de flutuação. Fui para a plataforma com Ned e Conseil. Conversávamos calmamente quando Ned apontou para o mar, perguntando:

— Que vê ali, professor?

Fiz um esforço. Ao longe, havia um corpo escuro na superfície das águas.

— Outro submarino? — brincou Conseil.

— Não. Ou estou muito enganado ou é um animal marinho.

— Uma baleia?

— Não, Conseil. Não é baleia! — afirmou o arpoador.

Que seria? Ainda não era possível distinguir.

— Mergulhou! — exclamou Ned Land. — Com mil demônios! Que bicho será esse? Não tem a cauda bifurcada das baleias ou dos cachalotes. Suas barbatanas parecem membros mutilados... Agora se virou de costas, com o peito para cima!

— Só pode ser uma sereia! — opinou Conseil.

A palavra sereia desvendou o mistério. Estávamos na presença de um animal fascinante.

— É um dugongo[78]! — expliquei. — É raro no mar Vermelho!

Ned Land admirava o animal. Naquele instante o capitão chegou à plataforma. Viu o dugongo.

[78] O "dugongo" é da mesma família do "peixe-boi". É um mamífero marinho herbívoro, pode atingir 3 metros de comprimento e pesar 500 quilos. Seu nome deriva de uma antiga palavra malaia que significa "sereia".

— De tão caçado, o dugongo é cada vez mais raro — disse o capitão.

Seu corpo terminava em uma barbatana na cauda, muito alongada. As barbatanas laterais pareciam formar dedos! A mandíbula, porém, possuía dois dentes longos e agudos! Tinha uns sete metros de comprimento. Pesava umas cinco toneladas! Não se movia. Parecia dormir na superfície. Ouviu-se um silvo. O dugongo mergulhou. Voltou à superfície para respirar. Era incrível! Talvez tenha sido ele a inspirar a lenda das sereias, metade mulheres, metade peixes!

Nossa velocidade era moderada. Avançávamos ao sabor das ondas. Entramos em um estreito que levava ao golfo de Suez. Atravessamos águas que realmente pareciam tingidas de vermelho, como dissera o capitão. À noite, voltamos à superfície para renovar o ar.

— Não tardaremos a chegar à entrada do túnel — comentou o capitão.

— Não deve ser fácil atravessá-lo!

— Vou assumir o timão, para dirigir a manobra. É melhor descer, professor Aronnax. O Nautilus vai submergir. Só voltaremos à superfície depois do túnel.

Segui o capitão. A escotilha se fechou. O submarino desceu cerca de dez metros.

Ia para meu camarote quando o capitão me chamou.

— Está convidado a me acompanhar à cabine do piloto.

Aceitei imediatamente!

Fomos até uma porta. Levava à cabine na extremidade da plataforma. O piloto segurava a roda do leme.

— Vamos procurar a passagem — explicou o capitão Nemo.

Por um sistema de fios elétricos, o capitão conseguia se comunicar simultaneamente com a sala de máquinas, orientando a direção, a velocidade e o movimento. Apertou um botão de metal. A velocidade diminuiu.

Estávamos cercados por uma muralha de pedras. A poucos metros de distância, o Nautilus tomava cuidado para não bater, enquanto navegava nas águas profundas. O capitão Nemo não tirava os olhos da bússola. Comandava os movimentos do timoneiro com gestos firmes.

Pouco depois, o próprio capitão pegou o leme. Um largo túnel, negro e profundo, abria-se à nossa frente. Entramos corajosamente. Ouvi um barulho enorme. Eram as águas do mar Vermelho que a inclinação do túnel jogava no Mediterrâneo. Rápido como uma flecha, o Nautilus seguia a corrente.

Meu coração batia rapidamente. Só enxergava as paredes estreitas! "Conseguiremos passar?", perguntava-me.

Às dez horas e trinta e cinco minutos o capitão Nemo anunciou:

— O Mediterrâneo!

Em menos de vinte minutos, ajudados pela corrente, havíamos atravessado o istmo de Suez pela passagem subterrânea que nenhum outro navegante conhecia!

6
O ARQUIPÉLAGO GREGO

No dia seguinte, doze de fevereiro, o Nautilus voltou à superfície. Quando subi à plataforma, Ned Land e Conseil vieram me fazer companhia.

— Já estamos no Mediterrâneo — anunciei.

— Impossível! — duvidou Ned Land.

— Estava com o capitão Nemo na cabine do timoneiro quando atravessamos o túnel subterrâneo que liga os dois mares — afirmei. — Observe, Ned. Você que conhece a costa baixa que se estende para o sul. É a grega.

Ned observou o horizonte. Concordou, espantado:

— É verdade! Estamos no Mediterrâneo!

Em seguida, ficou sério. Pediu:

— Professor, vamos conversar onde ninguém nos possa ouvir.

Já sabia o assunto. Sentamos sobre o casco.

— Diga, Ned.

— É muito simples. Estamos na Europa. Vamos fugir antes que os caprichos do capitão nos levem para algum lugar distante da civilização!

Esse tipo de conversa me constrangia. Não queria atrapalhar meus companheiros. Mas não tinha a menor vontade de deixar o Nautilus. Graças à viagem, meus conhecimentos aumentavam cada vez mais. Poderia reescrever meu livro sobre o fundo do mar com maior exatidão!

— Amigo Ned, seja franco. A viagem está sendo desagradável?

O canadense cruzou os braços.

— Até gosto, professor. Mas como terminará?

— Estou certo de que o capitão Nemo nos libertará, no final — afirmou Conseil.

— Não acredito!

— Também tenho dúvidas, Conseil — disse eu. — O capitão quer guardar seus segredos. Não nos deixará livres.

— Então não há motivo para esperar. Temos que fugir depressa! — retrucou Ned Land.

— Por que não esperar alguns meses? Vamos aproveitar a viagem! Quem sabe daqui a algum tempo estaremos próximos da França ou da Inglaterra, quando será mais fácil encontrar ajuda.

O canadense respondeu, impaciente:

— Senhor Aronnax, está se referindo ao futuro. Eu falo do presente. Estamos aqui e temos que aproveitar! Que me diz?

— Não posso negar que seu argumento é lógico. Por prudência, devemos aproveitar a primeira oportunidade para fugir.

— Ah, senhor Aronnax, finalmente falou com bom senso!

— Mas é preciso que seja uma excelente oportunidade. Não podemos correr o risco de algo dar errado. Se isso ocorrer, nunca mais teremos outra oportunidade. O capitão não nos perdoará.

— Está certo. Mas se aparecer alguma ocasião favorável, seja agora, seja daqui a um bom tempo, vamos aproveitá-la!

— O que considera uma boa oportunidade, Ned?

— Seria quando, em uma noite escura, o Nautilus se aproximasse de uma costa europeia. Poderemos pegar o barco, se estivermos na superfície! Ou fugir a nado!

— Vamos ficar de olho, Ned. Mas não se esqueça! Uma só tentativa fracassada e estaremos perdidos para sempre!

— Sim, senhor Aronnax.

— Mas agora quer saber o que penso de seu projeto?

— Sem dúvida!

— Não teremos chance de fugir. O capitão Nemo tomará todas as precauções, principalmente na costa europeia!

— Penso o mesmo — disse Conseil.

— É o que vamos ver! — teimou Ned.

— Agora, Ned Land, nem uma palavra sobre tudo isso. Se houver chance, iremos com você.

A conversa terminou. Para grande desespero do canadense, os fatos confirmaram minhas previsões. Talvez por desconfiar de nós, talvez para ficar longe dos inúmeros navios que passam pelo Mediterrâneo, o capitão manteve o Nautilus sempre longe da costa! No arquipélago grego, só tive a oportunidade de conhecer a ilha Kárpathos. Pretendia estudar os peixes do arquipélago, mas no dia catorze os painéis do salão conservaram-se hermeticamente fechados. O Nautilus tomara a direção da ilha de Creta.

À noite encontrei o capitão no salão. Estava pensativo e preocupado. Depois, finalmente mandou abrir os painéis e observou o mar. Subitamente, surpreendi-me com uma aparição inesperada.

Entre as águas surgiu um homem. Um mergulhador com uma bolsa de couro na cintura. Nadava com força. Às vezes desaparecia para respirar na superfície e voltava a mergulhar.

Exclamei, emocionado.

— Um náufrago! Precisamos salvá-lo!

O homem colou a face no vidro.

Para minha surpresa, o capitão Nemo lhe fez um sinal. O mergulhador respondeu com a mão. Voltou para a superfície e não apareceu mais.

— Não se preocupe — disse o capitão. — É Nicolas, apelidado de "o Peixe". É bem conhecido na região. Um mergulhador corajoso! A água é seu elemento. Vive mais nela do que na terra. É capaz de nadar até Creta!

Após falar, foi até um móvel. Abriu-o. Dentro havia uma espécie de cofre. Na tampa vi uma placa de cobre com a palavra Nautilus e o emblema *Mobilis in mobile*. Sem se preocupar com minha presença, ele o abriu. Estava repleto de barras de ouro!

Contou os lingotes. Voltou a fechá-lo. Na tampa escreveu um endereço. Pelo que vi, em grego moderno. Apertou um botão para chamar os tripulantes. Vieram quatro homens. Com certa dificuldade, levaram o cofre para fora do salão. Percebi que o içavam pela escada de ferro.

O capitão voltou-se em minha direção.

— Disse alguma coisa, professor?

— De maneira alguma, capitão.

— Nesse caso, tenha uma boa noite.

Saiu. Intrigado, fui para meu camarote. Deitei, sem conseguir adormecer. Tentei estabelecer uma relação entre o aparecimento do mergulhador e o cofre cheio de ouro. Pelo movimento do submarino percebi que voltávamos à superfície.

Ouvi o barco ser lançado ao mar, e o ruído dos remos. Duas horas mais tarde, também ouvi quando voltou. Depois, submergimos.

O cofre fora levado a algum lugar! Para onde? Principalmente, para quem?

No dia seguinte, contei tudo a Ned Land e Conseil. Ambos ficaram muito surpresos.

— De onde virá tamanha fortuna? — quis saber o arpoador.

Não havia resposta possível. Voltei para o salão. Passei o dia redigindo minhas anotações sobre a viagem.

De repente, comecei a sentir um grande calor. Era incompreensível. Estávamos no fundo do mar, a uma profundidade impossível de ser atingida pelo calor atmosférico. Continuei meu trabalho. A elevação da temperatura se tornou intolerável. "Será um incêndio?", preocupei-me.

O capitão Nemo entrou.

— Quarenta e dois graus — comentou.

— O que está acontecendo? — perguntei.

— Navegamos em uma corrente de água fervente.

— Será possível?

— Veja por si mesmo, professor.

Os painéis se abriram. O mar estava completamente branco, devido aos vapores sulfurosos. A água fervia! Encostei a mão no vidro, mas o calor era tal que a tirei imediatamente!

— Onde estamos?

— Junto da ilha de Santorini, professor. Quis que o senhor assistisse a uma erupção submarina.

— Capitão, em uma erupção pode até surgir uma ilha!

— Nada está terminado nas zonas vulcânicas! — respondeu o capitão Nemo. — O globo sempre está sendo trabalhado pelos vulcões subterrâneos. Segundo um antigo historiador, no ano 19 de nossa era, uma nova ilha, chamada Theia, a divina, emergiu das águas. Depois desapareceu sob as ondas. Voltou a surgir no ano 69 e depois afundou para sempre. O trabalho dos vulcões pareceu encerrado. Mas em 1866, uma ilhota, chamada ilha de Jorge, emergiu no meio de vapores sulfurosos. Sete dias depois, surgiu outra ilhota, a Aphroessa. Finalmente, apareceu mais outra, a Réka. Todas se juntaram, formando uma grande ilha, que existe até hoje.

O calor era insuportável. Sentia-me em chamas!

— Capitão, não sei quanto tempo mais vou suportar nessa água fervente!

Impassível, o capitão Nemo deu uma ordem. O Nautilus mudou de direção. Quinze minutos depois, respirávamos à superfície das ondas. "Se Ned tivesse resolvido fugir agora, não teríamos saído vivos do mar de fogo!", refleti.

No dia seguinte, abandonamos o arquipélago grego.

7
ALTA VELOCIDADE

Mar azul por excelência, o "grande mar" dos hebreus, o "mar" dos gregos, o *mare nostrum* dos romanos! Repletas de laranjeiras, aloés, cactos e pinheiros, enquadrados em rudes montanhas, sua costa possui um dos mais saudáveis climas do mundo.

Mas só pude apreciar o Mediterrâneo rapidamente, tal a velocidade com que o atravessamos. Também não pude me aproveitar dos conhecimentos do capitão Nemo. Esse homem misterioso não apareceu nem mais uma vez durante o trajeto. Calculo que o Nautilus percorreu seiscentas léguas em dois dias! Partimos em dezesseis de fevereiro da Grécia e em dezoito de fevereiro tínhamos atravessado o estreito de Gibraltar[79]! Era evidente que o Mediterrâneo desagradava o capitão Nemo. Talvez lhe trouxesse muitas recordações, até mesmo saudade.

Aborrecido, Ned Land teve que renunciar a seus planos de fuga. Eu e Conseil pudemos ao menos observar os peixes através dos painéis de vidro, embora tivéssemos a sensação de olhar pela janela de um trem em alta velocidade. Admirei principalmente os atuns de dorso azul-escuro. Dizem que seguem o trajeto dos navios, cuja sombra fresca procuram nos dias de calor. Nadavam em formação triangular, como certos bandos de aves cuja velocidade igualavam. Quanto aos mamíferos, vi dois ou três cachalotes na zona do Adriático, alguns delfins e também uma dúzia de focas de ventre branco!

Passamos pela Sicília e pela costa da Tunísia. Na noite de dezesseis para dezessete de fevereiro, atravessamos uma área de muitos desastres. Da costa argelina à francesa, muitos navios já naufragaram! O Mediterrâneo pode parecer um lago, comparado ao Pacífico. Mas é caprichoso. Um dia está calmo. No outro, as ondas se elevam furiosas, agitadas pelos ventos.

[79] Localizado no extremo oeste do Mediterrâneo, o estreito de Gibraltar é a sua ligação natural com o Atlântico. Ao norte do estreito está Gibraltar, território do Reino Unido cuja posse é reclamada pela Espanha. Ao sul do estreito está Ceuta, um enclave espanhol em território marroquino. O estreito mede 13 quilômetros de largura e tem cerca de 300 metros de profundidade. É de vital importância econômica, militar e geopolítica para a Europa. Por isso o Reino Unido não cede Gibraltar para a Espanha, pois desse modo o país ibérico teria a soberania e o controle dos dois lados do estreito mais importante do mundo.

Vi muitos destroços espalhados pelo fundo do mar. Alguns, de tão antigos, já estavam incrustados de corais. Outros, revestidos de uma simples camada de ferrugem. Âncoras, canhões, caldeiras, pás de hélices, balas, cilindros quebrados, cascos abandonados na água. Alguns navios tinham ido a pique com os mastros erguidos. Pareciam prestes a continuar a viagem. Quantas embarcações desaparecidas, quantas vidas! Talvez a solução de muitos mistérios estivesse no fundo daquele mar! Lembrei-me do Atlas, desaparecido havia vinte anos, sem pistas. Seu casco estaria lá, coberto de ferrugem?

Depois dos navios, tive uma visão admirável. As ruínas do templo de Hércules, completamente submerso!

Em seguida, deixamos o Mediterrâneo para entrar no Atlântico.

8
A BAÍA DE VIGO

O Atlântico! É um mar importante, mas quase ignorado pelos antigos, com exceção, possivelmente, dos cartagineses[80], que em suas viagens comerciais seguiram as costas ocidentais da Europa e da África! Abrange uma área imensa. Nele deságuam os maiores rios do mundo, como o Mississípi, o Amazonas, o da Prata, o Orenoco, o Senegal, o Loire e o Reno! Sulcado por navios de todo o mundo, termina em duas pontas que assustam os navegadores: o cabo Horn e o cabo das Tormentas!

"Para onde vamos? Que nos espera no futuro?", pensava eu.

[80] Cartaginês é o indivíduo natural de Cartago, antiga colônia fenícia localizada a leste do lago Túnis (atual Tunísia, norte da África). O reino ao qual Cartago pertencia, a Fenícia, localizava-se onde hoje estão a Síria e o Líbano.

Subi à plataforma, acompanhado por Ned Land e Conseil. Avistei a península Ibérica. Soprava um vento forte do sul. Era quase impossível ficarmos na plataforma. Descemos.

Voltei para meu camarote. Conseil foi para sua cabine. O canadense seguiu-me, visivelmente ansioso. Nossa rápida passagem pelo Mediterrâneo não lhe permitira planejar a fuga. Mal conseguia dissimular seu desapontamento.

Quando a porta se fechou, ele me encarou em silêncio. Tentei conversar:

— Amigo Ned, compreendo seus sentimentos. Mas não havia condições de deixar o Nautilus. Teria sido loucura!

Não me respondeu. Com os lábios apertados, as sobrancelhas franzidas e a expressão sombria, mostrava o quanto estava obcecado.

— Não se desespere. Estamos próximos de Portugal. Talvez surja uma boa oportunidade nos próximos dias!

Ned Land encarou-me firmemente. Finalmente disse:

— É para esta noite, professor!

Surpreendi-me. Não estava preparado para ouvir tal coisa. Ele continuou:

— Tínhamos combinado esperar uma boa oportunidade. Chegou a hora. Estamos a algumas milhas da costa espanhola. A noite está escura. O vento, forte. Já me deu sua palavra, professor Aronnax. Espero que venha!

Continuei calado. Ele se aproximou:

— Será esta noite, às nove horas. Já avisei Conseil. O capitão Nemo está trancado em seu camarote. Não há nenhum tripulante à vista, e eles não costumam nos vigiar. Eu e Conseil iremos para o compartimento onde fica guardado o barco. Ele possui remos, mastro e vela. Já levei alguns mantimentos para lá. Consegui uma chave inglesa para desatarraxar as cavilhas que prendem o bote ao casco do Nautilus. E para abrir o painel onde está alojado. Permaneça na biblioteca, aguardando nosso sinal. Está tudo planejado. Vamos fugir esta noite!

— O mar está violento — lembrei.

— É verdade, mas o barco é sólido, embora pequeno. Barcos desse tipo são construídos para casos de naufrágio. São mais equipados e resistentes que os comuns. Vale a pena correr algum risco, em troca da liberdade. Se tivermos sorte, entre dez e onze da noite já estaremos em terra firme. Que Deus nos proteja!

O canadense retirou-se. Fiquei paralisado de surpresa. Sempre imaginara que, quando surgisse a ocasião, eu teria tempo para pensar. Discutir os prós e os contras. Mas o teimoso Ned não me dera essa chance. Além do mais, eu sabia que ele estava certo. Surgira uma oportunidade, e devíamos aproveitá-la, por mais que me interessasse continuar a bordo.

Ouvi um silvo. Os reservatórios de ar já estavam cheios. O Nautilus mergulhou nas ondas do Atlântico.

Fiquei no meu camarote. Queria evitar o capitão. Não seria capaz de esconder minha angústia. Não queria abandonar meus estudos submarinos! Deixar o Atlântico, que tanto me fascinava! As horas se passaram. No fundo, torcia para alguma coisa acontecer e impedir os planos de fuga!

Fui duas vezes ao salão, consultar nossa posição. "Se estivermos longe da costa, ele terá que desistir!", pensei. Mas não. O Nautilus continuava em águas portuguesas! Mais que isso! Costeava as praias!

Era preciso tomar uma decisão. Não tinha bagagem. Somente as anotações da viagem! "Que fará o capitão Nemo quando perceber nosso desaparecimento? Pior ainda, se falharmos?" Eu não tinha nada de que me queixar de sua hospitalidade. Mas era óbvio que pretendia nos manter presos para sempre a bordo do Nautilus!

Não tornara a ver o capitão desde as proximidades da ilha de Santorini. Iria encontrá-lo antes da fuga? Tentei descobrir se ele estava em seu camarote, contíguo ao meu. Encostei o ouvido na parede. Silêncio absoluto.

Talvez nem estivesse a bordo. Desde a noite em que o barco deixara misteriosamente o Nautilus carregado de ouro, descobrira que o capitão Nemo ainda tinha amigos em terra firme. Era comum passar semanas sem que eu o visse. Que faria durante esse tempo todo? Teria alguma atividade secreta?

Minha cabeça fervilhava. A espera parecia durar uma eternidade. As horas passavam com lentidão absurda.

O jantar foi servido no quarto, como sempre. Comi mal. Estava preocupado. Eram sete horas. Faltavam cento e vinte minutos para executar o plano! Minha agitação aumentou. O pulso batia violentamente. Andava de um lado para o outro. Mais que enfrentar as ondas do mar, temia ser descoberto. Temia a irritação do capitão Nemo!

Voltei ao salão pela última vez. Visitei o museu onde passara tantas horas úteis e agradáveis. Mais uma vez admirei as obras de arte, as riquezas da fauna e da flora submarinas. Quis olhar o Atlântico. Mas os painéis estavam fechados!

Após percorrer o salão, cheguei perto da porta do camarote do capitão. Para minha surpresa, estava entreaberta. Recuei. Se estivesse em seu quarto, o capitão poderia me ver. Mas não ouvi nem um ruído. Estava deserto.

O relógio bateu as oito horas. Estremeci.

Meu olhar caiu sobre a bússola. Continuávamos na mesma rota. A velocidade era moderada. As circunstâncias favoreciam o projeto de Ned Land. Voltei a meu camarote. Vesti-me para resistir ao frio, com um casaco forrado de pele de foca e botas impermeáveis. Esperei. Somente o ruído da hélice quebrava o silêncio. Sentia uma inquietação mortal.

Quase às nove horas encostei o ouvido à porta do quarto do capitão. Ainda nenhum ruído. Voltei ao salão, que estava deserto.

Abri a porta que comunicava com a biblioteca. Igualmente solitária. Fui para a porta onde se encontrava a escada central, que também levava ao compartimento do barco. Aguardei o sinal de Ned Land.

Nesse instante, o bater da hélice diminuiu sensivelmente. Depois, cessou completamente. Estranhei. Não sabia se a mudança seria boa ou má para o projeto de fuga.

Somente o bater do meu coração perturbava o silêncio.

De repente, senti um choque. O Nautilus pousara no fundo do oceano! Minha angústia aumentou. Não havia sinal de Ned Land. Tinha vontade de procurá-lo para fazê-lo desistir. Algo de anormal acontecia!

Nesse instante, a porta do salão se abriu. O capitão Nemo entrou. Olhou-me. Não tinha o hábito de cumprimentar. Preferia ir direto ao assunto. Foi o que fez.

— Professor, conhece a história da Espanha?

Mesmo que se tratasse da história de meu próprio país, eu não me lembraria de fato algum! Minha cabeça estava tão embaralhada pelo nervosismo! Murmurei:

— Muito mal.

— Vou lhe contar um episódio curioso!

O capitão acomodou-se em um divã. Sentei-me a seu lado, na penumbra.

— Ouça-me bem, professor.

— Estou atento, capitão — disse eu, apavorado, sem saber se a conversa tinha a ver com nosso projeto de fuga.

— No século XVIII, o rei Luís XIV da França impôs seu neto, o duque de Anjou, como rei dos espanhóis. Este governou como Felipe V e enfrentou muitos problemas. As casas reinantes da Holanda, da Áustria e da Inglaterra fizeram, em Haia, uma aliança para arrancar a coroa da cabeça do rei. A Espanha resistiu, porém tinha poucos soldados e marinheiros. Mas não lhe faltariam fundos se seus galeões[81], carregados de ouro e prata da América, entrassem em seus portos[82]. Ora, no final de 1702, uma frota, escoltada por navios franceses amigos, navegava no Atlântico. A frota devia atracar em Cádiz, na Espanha. Mas o capitão soube que a frota inglesa estava na região. Decidiu dirigir-se a um porto francês. Os capitães espanhóis protestaram. Queriam atracar em um porto espanhol. No caso, a baía de Vigo, na costa noroeste da Espanha, que não estava bloqueada. O almirante francês aceitou. Os galeões dirigiram-se à baía de Vigo,

[81] Galeão é uma espécie de barco a vela mais estreito e baixo que as caravelas e naus e, portanto, mais estável na água.

[82] A Espanha era metrópole de várias colônias do mundo, especialmente na América. Algumas das jazidas de ouro e prata mais ricas localizavam-se em suas colônias.

que possui a forma de uma concha aberta. Não pôde defender-se de maneira alguma. Era preciso descarregar os galeões o mais rapidamente possível, antes de um ataque dos inimigos da coroa espanhola. O tempo teria sido suficiente, se não tivesse surgido uma rivalidade. Está seguindo o encadeamento dos fatos, professor?

— Perfeitamente — respondi, torcendo as mãos, sem entender o motivo por que estava me dando uma aula de história.

— Veja o que aconteceu. Os comerciantes de Cádiz tinham um privilégio segundo o qual deveriam receber todas as mercadorias vindas das Índias Ocidentais[83]. Desembarcar os lingotes de ouro no porto de Vigo era ir contra seus direitos! Apresentaram uma queixa em Madri. O rei Felipe V ordenou que os galeões ficassem no porto até que as frotas inimigas tivessem sido afastadas e as embarcações pudessem retornar a Cádiz. Mas os barcos ingleses foram para a baía de Vigo. Os espanhóis e franceses combateram corajosamente. Quando viram que sua fortuna ia cair nas mãos do inimigo, incendiaram os galeões. Todos afundaram com suas imensas riquezas.

[83] Com a tomada de Constantinopla pelos otomanos em 1453, a Europa perdeu sua única rota comercial com as Índias, de onde vinham as preciosas especiarias. A motivação essencial para que portugueses e espanhóis financiassem as grandes navegações não era outra senão encontrar uma rota marítima para as Índias.

O capitão Nemo calara-se. Ainda me perguntava que conversa era aquela!

— Por que me conta tudo isso? — perguntei.

— Estamos na baía de Vigo, senhor Aronnax. Agora desvende o mistério dos lingotes de ouro que viu em meu poder!

O capitão levantou-se. Eu o segui. Os painéis estavam erguidos. Olhei através do vidro.

Em volta do Nautilus, as águas pareciam impregnadas de luz elétrica. O fundo arenoso era limpo e claro. Tripulantes, vestidos com escafandros, esvaziavam barris semiapodrecidos e baús no meio de destroços enegrecidos. De dentro saíam lingotes de ouro e prata e cascatas de pedras preciosas. Em seguida, carregados, os homens regressavam ao Nautilus, onde guardavam seus fardos e voltavam para buscar mais tesouros.

Compreendi. A batalha a que o capitão se referira ocorrera naquele local. Os galeões haviam afundado repletos de ouro e prata. Ali o capitão Nemo vinha buscar sua fortuna. Era o herdeiro direto dos tesouros arrancados dos incas por Fernão Cortez[84]!

[84] Os incas habitavam um vasto império que ocupou regiões onde hoje se localizam Equador, Colômbia, Bolívia, Peru, Chile e Argentina. Fernão Cortez foi responsável pela conquista do império asteca (onde hoje é o México e a América Central).

— Sabia, professor, que o mar contém tantas riquezas?

— Sem dúvida. Mas nunca imaginava vê-las!

— Só tenho que apanhar o que afundou há tanto tempo. Aqui, e em outros mil locais de naufrágios. Estão todos assinalados na minha carta submarina! Agora sabe por que sou tão rico!

— Mas as riquezas continuam perdidas para a humanidade! — disse eu.

— Pensa que recolho esses tesouros somente para mim? Pensa que ignoro a existência de miseráveis em todo o mundo? Gente cuja fome posso aliviar? Vítimas para vingar?

O capitão Nemo silenciou. Talvez lamentasse ter falado demais. Mas eu adivinhara. Qualquer que fossem seus motivos para viver no oceano, seu coração ainda se emocionava com os sofrimentos da humanidade. Era um homem imensamente caridoso!

Compreendi então a quem eram destinados os lingotes de ouro enviados quando o Nautilus navegava no Mediterrâneo. Aos habitantes de Creta, naquele momento, vítimas de uma guerra civil!

9
O CONTINENTE DESAPARECIDO

Na manhã seguinte, Ned Land me acordou. Esperava sua visita. Ele estava visivelmente desapontado.

— Viu só, professor? Esse condenado resolveu parar justamente na hora em que íamos fugir!

— Ora, Ned. O capitão estava recolhendo fundos.

— Como assim?

— Aqui no fundo do mar estão seus tesouros.

Contei tudo o que vira, com a secreta esperança de convencê-lo a desistir da fuga. Mas Ned só lamentou não ter dado um passeio entre os galeões naufragados.

— Ainda não desisti! Quem sabe esta noite seja a ideal! — afirmou.

O canadense voltou para junto de Conseil. Fui para o salão. Examinei a bússola. Dávamos as costas à Europa. Quando o Nautilus subiu à superfície, não havia mais costa alguma à vista. Enraivecido, Ned Land examinava o horizonte enevoado, com a esperança de ainda descortinar a terra firme. O mar tornou-se tempestuoso. Descemos. A escotilha foi fechada.

Não havia mais hipótese de fuga. Ned Land ficou furioso. Eu, satisfeito. Pude retomar meus estudos calmamente.

À noite, recebi a visita do capitão Nemo. Perguntou-me se estava cansado por ter ficado acordado boa parte da noite anterior.

— Estou em ótima forma! — respondi.

— Quer fazer um passeio?

Estranhei.

— À noite?

— Sim, professor. Até agora só viu o fundo do mar com a claridade do Sol.

Aceitei imediatamente. Ele avisou:

— Será um passeio cansativo. Vamos caminhar muito e subir uma montanha. O terreno é difícil.

— Estou ainda mais curioso, capitão!

Vestimos os escafandros. Descobri que nem meus companheiros nem qualquer tripulante nos acompanhariam. Estranhei.

— Nem levaremos as lanternas?

— Seriam inúteis.

Pensei ter ouvido mal. Mas o capitão já pusera o escafandro na cabeça. Um tripulante colocou um bastão reforçado com ferro em minha mão. Depois da manobra habitual, pisamos o solo do Atlântico, a uma profundidade de trezentos metros.

Era perto da meia-noite. As águas estavam incrivelmente escuras. O capitão Nemo indicou-me um ponto avermelhado ao longe. Uma espécie de imenso clarão que brilhava a duas milhas do Nautilus. O que era aquele fogo, de que matéria se alimentava, como existia em plena massa líquida eu não saberia dizer. Mas fornecia luz suficiente para continuarmos.

Caminhamos na direção da luz. O solo começou a se elevar. Com a ajuda dos bastões, dávamos largas passadas. Mesmo assim, o trajeto era lento. Nossos pés enterravam-se muitas vezes em uma espécie de lodo misturado com algas e repleto de pedras escorregadias.

Depois de meia hora, o solo tornou-se rochoso. As medusas e os crustáceos iluminavam-no levemente com sua fosforescência. Meus pés escorregavam no tapete de sargaços. Sem o bastão, teria caído mais de uma vez.

Se me sentia inseguro, virava-me para trás. Via sempre o farol do Nautilus, cada vez mais distante.

As pedras estavam dispostas no fundo do oceano com certa regularidade, que eu não conseguia explicar. Via sulcos gigantescos que se perdiam na escuridão. Às vezes meus pés pareciam esmagar camadas de ossos, que estalavam com um ruído seco. Queria falar com o capitão. Mas a linguagem de sinais com a qual se comunicava com os tripulantes sob o mar ainda era incompreensível para mim.

A claridade avermelhada que nos guiava aumentava de intensidade. Seria algum efeito elétrico? Ou uma colônia de homens que haviam descoberto uma maneira de viver sob o mar, amigos do capitão Nemo?

O caminho tornou-se cada vez mais claro. A luz irradiava-se do topo de uma montanha. Ainda não conseguira descobrir seu foco. O capitão Nemo avançava sem hesitação. Conhecia o caminho. Eu o seguia com absoluta confiança.

À uma hora da manhã chegamos às primeiras vertentes da montanha. Mas antes tivemos que atravessar uma vasta floresta!

Sim, uma floresta de árvores mortas, sem folhas! Árvores mineralizadas pela ação das águas. Era uma floresta petrificada. Os caminhos e clareiras estavam obstruídos por algas e um número imenso de crustáceos. Eu caminhava, trepava nas rochas, passava por cima dos troncos caídos, assustava os peixes que voavam de ramo em ramo! Já não sentia o cansaço. Acompanhava meu guia!

Que espetáculo impressionante! Seria impossível descrever as árvores submersas e os rochedos coloridos pelos tons vermelhos da luz misteriosa. Às vezes surgiam clareiras e galerias que pareciam construídas pelas mãos humanas.

O capitão Nemo continuava a subir. Eu não podia ficar para trás. Era preciso andar depressa, mas com cuidado. Um passo em falso seria perigoso em certos locais, onde surgiam abismos. Alguns rochedos monumentais, inclinados sobre bases irregulares, pareciam desafiar as leis do equilíbrio! Torres inclinavam-se em ângulos impressionantes!

Duas horas depois de termos deixado o Nautilus, terminamos de atravessar a floresta. Acima de nossas cabeças, recortava-se o cume da montanha. Os peixes fugiam surpreendidos por nossos movimentos. A montanha estava repleta de grutas e buracos insondáveis, de onde vinham sons arrepiantes. Aterrorizei-me ao ver antenas enormes e pinças gigantescas que surgiam das cavidades. Milhares de pontos luminosos brilhavam nas trevas. Eram os olhos de crustáceos gigantescos! Caranguejos enormes. Polvos descomunais!

Não nos detivemos. O capitão Nemo não demonstrava medo algum. Chegamos a um primeiro planalto. Que surpresa! Havia ruínas gigantescas. Amontoados de pedras onde pude distinguir castelos e templos. Tudo coberto por um espesso manto vegetal!

Quem construíra esse mundo?

Acenei para o capitão Nemo. Queria que parasse para que eu pudesse admirar as construções. Ele se negou. Fez um gesto, indicando o cimo da montanha. Parecia dizer:

— Venha! É preciso continuar!

Eu o segui. Em alguns minutos cheguei a um pico que dominava a massa rochosa. Só então descobri o motivo da luminosidade. A montanha era um vulcão. Bem abaixo do pico, na outra vertente, uma larga cratera vomitava torrentes de lava, que se dispersavam em uma cascata de fogo no meio da massa líquida.

Mais ainda. A meus pés havia uma cidade inteira, arruinada, destruída, com templos caídos, arcos deslocados, telhados desaparecidos. Mais ao longe, os restos de um gigantesco aqueduto. Na arquitetura, uma beleza impressionante, com as formas flutuantes de um Partenon. Além, vestígios de um cais, como se outrora lá houvesse um porto. Mais ao longe, muralhas caídas, largas ruas desertas!

Onde estava? Queria poder arrancar o escafandro para conversar com o capitão Nemo.

Ele fez um sinal para mim. Aproximou-se. Pegou um pedaço de calcário e traçou uma única palavra sobre um rochedo escuro.

ATLÂNTIDA

Um clarão atravessou meu espírito.

Atlântida! O continente desaparecido! É considerado uma lenda, embora sua existência tenha sido narrada por Platão[85]. Ali estava perante meus olhos!

[85] Platão menciona Atlântida em seus diálogos *Timaeus* e *Crítias*. Segundo Platão, Atlântida era uma ilha localizada além dos Pilares de Héracles, ou seja, onde termina o Mediterrâneo e começa o oceano Atlântico. Os atlantes dominavam grande parte da África e da Europa. Esse domínio terminou quando os atlantes tentaram invadir Atenas. A cidade grega conseguiu derrotar os invasores e, logo depois da batalha, a Atlântida afundou no oceano. Ao que tudo indica, Platão usou a história de Atlântida para ilustrar suas ideias sobre política.

O único historiador que a ela se referiu foi Platão. Segundo ele escreveu, um dia Sólon, o legislador, conversava com velhos sábios da cidade de Saïs, que já contava oitocentos anos. Um desses sábios contou a história de uma cidade mil anos mais antiga, cujos habitantes — os atlantes — invadiram Saïs. Segundo o sábio, os atlantes viviam em um continente imenso, maior que a África e a Ásia reunidas. Dominavam o mundo. Mas passaram por cataclismos, inundações, tremores de terra. Uma noite e um dia bastaram para o aniquilamento de Atlântida, cujos pontos mais altos ainda existem. São as ilhas da Madeira, Canárias, Cabo Verde e o arquipélago dos Açores.

Tais foram as recordações históricas que a palavra escrita pelo capitão Nemo trouxe ao meu espírito. Eu tocava as ruínas de um mundo desaparecido, mais antigo do que tudo o que se conhecia!

Queria percorrer todas as ruínas! Gravar todos os detalhes na minha memória! O capitão Nemo, encostado a uma coluna coberta de musgo, estava imóvel. Em êxtase.

Ficamos uma hora contemplando a vasta planície coberta por ruínas! Finalmente o capitão fez sinal para partirmos. Lancei um último olhar sobre o mundo perdido da Atlântida!

Descemos a montanha rapidamente. Atravessamos de novo a floresta petrificada. Avistei o farol do Nautilus, que brilhava como uma estrela. Caminhamos em sua direção.

Voltamos a bordo quando as cores do amanhecer brilhavam sobre a superfície do oceano!

10
AS MINAS DE CARVÃO

Acordei tarde, devido ao cansaço do passeio na noite anterior. Vesti-me rapidamente. Queria descobrir o trajeto do Nautilus. Segundo os instrumentos, continuávamos na direção sul, a uma profundidade de cem metros.

Conseil veio me ver. Contei a aventura no continente submerso. Como os painéis continuavam abertos, ele ainda pôde ver algumas ruínas. De fato, o Nautilus flutuava acima da Atlântida. Admiramos as florestas petrificadas, blocos de lava, conjuntos de pedras.

Raias gigantescas, com até cinco metros de comprimento, tubarões e peixes-espada nadavam em torno de nós. Aproximadamente às quatro horas da tarde o terreno tornou-se mais rochoso. No horizonte, havia uma montanha tão alta que seu cume certamente ultrapassava a superfície das águas. Devia tratar-se de uma ilha.

À noite, os painéis se fecharam. Fui me deitar. Na manhã seguinte, percebi que estávamos na superfície. Ouvi passos na plataforma. Fui ao salão. O painel estava aberto. Mas a escuridão era profunda. E a luz da superfície, por que não chegava até nós? Uma voz me chamou.

— Professor?

— Capitão Nemo! Onde estamos?

— Debaixo da terra!

— Como continuamos a flutuar?

— Logo saberá!

Subi à plataforma. Esperei. A escuridão era tão grande que nem conseguia ver o vulto do capitão Nemo. Finalmente, acendeu-se o farol do Nautilus. Estávamos parados junto a uma ribanceira que fazia o papel de cais. O pedaço de mar onde nos encontrávamos tinha a forma de um lago fechado por um círculo de rochas. As altas muralhas inclinadas na base arredondavam-se na abóbada, como um imenso funil invertido. No alto havia uma abertura circular, por onde entrava uma tênue claridade.

— Onde estamos? — perguntei.

— No centro de um vulcão extinto — respondeu o capitão. — Um vulcão cujo interior foi invadido pelo mar em consequência de algum movimento do solo. Aqui é nosso porto de abrigo, um local seguro e desconhecido, protegido dos furacões.

— Qual a razão desse refúgio? O Nautilus não precisa de porto!

— Mas precisa de eletricidade para se mover. É do carvão que extraímos o sódio, e com o sódio alimentamos os componentes que produzem a eletricidade. Aqui nesta região o mar cobriu florestas inteiras, soterradas em épocas muito distantes. Há uma mina de carvão inesgotável.

— Os tripulantes vão fazer o trabalho de mineiros?

— Aqui todos fazem de tudo, professor. Meus homens extraem a hulha[86] do mar. Quando queimo esse combustível para fabricar sódio, a fumaça que escapa da cratera dá a impressão de que o vulcão continua com uma pequena atividade, e ninguém desconfia que estamos aqui. Desta vez não vamos nos demorar. Aproveite para conhecer o lago, professor Aronnax!

Fui procurar meus companheiros. Resolvemos passear pela margem.

— Estamos novamente em terra firme — disse Conseil.

— Ora, não chamo a isso de terra! — respondeu o canadense.

Havia uma praia de areia, pela qual era possível dar a volta em torno do lago. A base e as paredes da montanha eram cobertas de lava e blocos vulcânicos.

[86] Espécie de carvão mineral, intermediário entre antracito e linhito.

O solo elevava-se à medida que se afastava do local onde rebentavam as ondas. Encontramos rampas sinuosas por onde pudemos subir, sempre com extremo cuidado. Muitas vezes tínhamos que andar de joelhos ou ainda nos arrastar! Mas, com a ajuda de Conseil e a agilidade de Ned Land, ultrapassei todos os obstáculos.

A certa altura, foi impossível continuar, de tão íngremes que se tornaram as paredes. Alguns arbustos e árvores cresciam nas rochas. Vi até mesmo algumas violetas! Ned exclamou:

— Uma colmeia!

— Impossível! — surpreendi-me.

Tive que me render à evidência. No tronco aberto de uma árvore havia uma colmeia. Ned acendeu algumas folhas secas, para afugentar as abelhas. Quando elas se foram, Ned colheu o mel.

Aves de rapina voavam de seus ninhos pendurados nas pontas dos rochedos. Eram gaviões-de-peito-branco e matracas[87]. No plano mais alto viam-se belas e enormes abetardas[88]. Descemos de volta à margem. Encontramos

[87] "Matraca" é uma das espécies popularmente conhecidas como "martim-pescador". Chega a medir mais de 40 centímetros de comprimento e pesa cerca de 350 gramas. Seu bico é muito grande, em alguns indivíduos chega a 10 centímetros.

[88] "Abetarda" é o nome dado a 25 espécies de aves gruiformes. São aves de médio a grande porte (seu tamanho varia desde os 50 até os 120 centímetros da abetarda-gigante).

uma gruta, com uma bela praia. Deitamos na areia. Adormecemos. Fui despertado por um grito de Conseil.

— A água está chegando até nós!

O mar entrava em nosso esconderijo. Tivemos que subir as paredes da gruta.

— É algum novo fenômeno, professor? — quis saber Conseil.

— Não, é a maré.

Voltamos para o Nautilus. A provisão de sódio já fora embarcada.

No dia seguinte, voltamos a cruzar o Atlântico.

11
O MAR DOS SARGAÇOS

O Nautilus não voltou à costa da Europa. Foi diretamente para o mar dos Sargaços.

O mar dos Sargaços propriamente dito cobre a área submersa da Atlântida. É um espesso tapete de algas, bodelhas[89] e uvas do trópico, tão compacto que só com muita dificuldade uma embarcação pode atravessá-lo. O capitão Nemo se manteve abaixo da superfície para não correr o risco de danificar a hélice. Existem várias explicações para o fenômeno. Acredito que a união das plantas se deve a um movimento circular das águas. Em torno do mar há uma corrente de água mais quente chamada corrente do Golfo. As águas interiores sofrem um movimento contínuo.

[89] "Bodelhas" são algas de cor castanha. São tão abundantes que às vezes formam ilhas de vegetação em pleno mar. Têm a capacidade de acelerar o metabolismo humano, o que pode controlar a obesidade. Por isso, são usadas na fabricação de remédios para emagrecimento.

As plantas se unem como pedaços de rolha em um copo de água agitada.

Após a passagem pelos Sargaços, durante dezenove dias, de vinte e três de fevereiro a doze de março, o Nautilus viajou rapidamente. Eu já não tinha dúvida de que o capitão Nemo pretendia cumprir todo o itinerário prometido, terminando a viagem no Pacífico, de onde saíramos.

Ned Land tinha bons motivos para ficar decepcionado. Nessa região, uma fuga seria impossível. Navegamos quase sempre na superfície. O mar estava deserto, a não ser por alguns raros veleiros a caminho das Índias. Elegantes grupos de cinco ou seis delfins nos acompanharam muitas vezes, mergulhando em torno do Nautilus. Também foi curioso observar os peixes-voadores. E os delfins tentando caçá-los com saltos no ar!

Descemos a camadas mais profundas do oceano. O Nautilus ultrapassou os limites da vida submarina conhecida[90]. A pressão da água era tremenda. Sentia as chapas vibrarem nas juntas. As vidraças do salão pareciam prestes

[90] Na época de Júlio Verne, acreditava-se impossível que qualquer ser sobrevivesse sem luz e àquelas pressões. Mas hoje em dia a ciência e a tecnologia já verificara a existência de vida em ambientes abissais. Entretanto, ainda se sabe muito pouco sobre esses ecossistemas abissais.

a estourar. Mas o Nautilus era mais resistente do que qualquer outra embarcação conhecida!

— É incrível percorrer essas regiões aonde nunca ninguém chegou! — exclamei.

— Quer levar uma recordação, professor?

— Como assim?

— Vamos tirar uma fotografia!

A uma ordem do capitão Nemo foi trazida uma câmera fotográfica[91]. A luz do Nautilus tornava as águas claras. O instrumento foi apontado para o fundo do oceano. O negativo, revelado mais tarde, possui uma extrema nitidez. Até hoje gosto de mostrar minha cópia. Veem-se as rochas primordiais. Grutas profundas traçadas nas muralhas de pedra. Montanhas no horizonte.

O capitão avisou:

— Vamos subir. Não podemos expor o Nautilus durante muito tempo a pressões tão grandes!

Com um solavanco que me atirou no tapete, o submarino voltou a subir. Em quatro minutos, chegou à superfície. Emergiu como um peixe-voador, saltando sobre as ondas com uma velocidade extraordinária.

[91] A fotografia surgiu em 1826, pelas mãos do inventor francês Nicéphore Niépce. Quando Júlio Verne escreveu este livro, as câmeras fotográficas reais eram grandes e precisavam ficar sobre firmes tripés para registrar a imagem. Mesmo com os potentes faróis do Nautilus, os filmes reais da época não teriam sensibilidade suficiente para registrar alguma coisa. A cena tal como está descrita é mais uma prova do pioneirismo do autor.

12
CACHALOTES E BALEIAS

Avançamos para as regiões austrais[92]. Aonde pretendia chegar o capitão? Ao polo? Seria uma loucura!

Talvez Ned Land estivesse certo e fosse o caso de fugirmos. Mas agora seria impossível. O próprio canadense sabia disso perfeitamente. Tornara-se menos comunicativo. Quando encontrava o capitão, seus olhos faiscavam de raiva.

Finalmente, Ned e Conseil me procuraram.

— Quantos homens há a bordo do Nautilus, senhor? — perguntou o canadense.

[92] "Austral" é tudo aquilo concernente ao sul, em oposição a "boreal", concernente ao norte.

— Não sei. Creio que uma dezena. As manobras não exigem uma grande tripulação. Mas o Nautilus não é apenas uma embarcação. Parece ser um refúgio para aqueles que, como o capitão, romperam com a terra.

— Professor, não pode calcular o número exato de tripulantes?

— Sou contra o confronto direto, Ned. Aconselho paciência!

Ned Land continuava em silêncio.

— Mais cedo ou mais tarde, regressaremos a mares mais civilizados! — afirmou Conseil. — A oportunidade para fugir surgirá!

O canadense abanou a cabeça, passou a mão pela testa e saiu.

— Sabe o que acontece, professor? — disse Conseil. — O pobre Ned só pensa no que não pode ter. Está preso à sua vida passada. Não é um sábio como o senhor, fascinado pelo mar. Seu único sonho é rever sua terra, sair com os amigos!

Um acontecimento veio tirar Ned Land do tédio em que estava mergulhado.

Às onze horas da manhã, na superfície, o Nautilus chegou próximo a um grupo de baleias. Não era de surpreender. De tanto serem perseguidos, esses animais se refugiam nas zonas de altas latitudes.

Foi o canadense quem assinalou a primeira baleia no horizonte. Viu o dorso escuro elevar-se e baixar alternadamente, a cinco milhas.

— Ah, se eu estivesse a bordo de um baleeiro! — suspirou. — É um animal de grande porte! Reparem com que força as narinas lançam colunas de água e vapor!

— Nunca pescou nestes mares, Ned?

— Nunca! — Em seguida, gritou entusiasmado: — Vejam, vem em nossa direção! Como corre!

Ned batia o pé e a mão tremia ao brandir um arpão imaginário.

— Ah, não é uma baleia! São dez, são vinte! Um baleal inteiro! E eu aqui, sem poder pegar nem uma! — exclamou.

— Amigo Ned, por que não pede ao capitão autorização para caçar?

Conseil não terminara a frase e Ned já entrara à procura do capitão Nemo. Instantes depois, voltava com ele à plataforma.

— Senhor, deixe-me caçar. Vou acabar esquecendo que sou um arpoador! — pediu Ned.

— Caçar só para matar? Sem necessidade? Não precisamos de óleo de baleia a bordo. Não concordo em matar por matar. Caçando as baleias, arpoadores como o senhor correm o risco de aniquilar um animal que também tem o direito de viver!

Ainda lembro a expressão contrariada do canadense diante dessa lição de moral. Virou de costas, assobiando. Mas o capitão Nemo estava certo. A sanha dos pescadores ainda exterminará a última baleia.

O capitão Nemo falou comigo:

— As baleias também têm seus inimigos naturais, professor. Estas vão ser atacadas daqui a pouco. Vê aqueles pontos negros no horizonte?

— Sim, capitão.

— São cachalotes, animais terríveis que já encontrei em grupos de duzentos ou trezentos! Mas não se preocupe, o Nautilus os dispersará.

Os cachalotes macrocéfalos muitas vezes têm mais de vinte e cinco metros. Sua enorme cabeça pode ultrapassar um terço do tamanho do corpo. Sua mandíbula superior possui vinte e cinco dentes com cerca de vinte centímetros cada um, cilíndricos e cônicos na parte superior. Enfim, é somente boca e dentes!

O monstruoso cardume se aproximara. Percebera a presença das baleias e preparava-se para atacá-las. O Nautilus colocou-se entre os dois grupos. Eu, Ned e Conseil descemos. Fomos observar a batalha pelos painéis de vidro. O capitão Nemo foi para junto do timoneiro, na cabine, para controlar as manobras.

Dali a pouco, a rotação da hélice aumentou. Nossa velocidade cresceu.

O combate entre os cachalotes e as baleias já se iniciara quando o Nautilus se aproximou, de maneira a cortar ao meio o cardume dos atacantes. A princípio estes não mostraram preocupação alguma com o novo monstro. Mas rapidamente começaram a reagir a seus golpes.

Que luta! O próprio Ned Land se entusiasmou e bateu palmas. O Nautilus transformou-se em um arpão brandido pela mão de seu comandante. Lançava-se contra os cachalotes. Nem parecia sentir os golpes das caudas! Mergulhava atrás dos cetáceos, subia com eles, atingindo-os em cheio.

A luta prolongou-se por uma hora! Víamos suas enormes gargantas através do vidro. Seus dentes vorazes. Ned Land praguejava, como se estivesse em uma luta corpo a corpo. Por fim, os cachalotes foram vencidos. Voltamos à superfície. A escotilha foi aberta. Subimos depressa para a plataforma.

O mar estava repleto de corpos de cachalotes. O capitão Nemo veio falar conosco.

— Qual a sua impressão, mestre Land?

— Ainda prefiro meu arpão, capitão Nemo.

— Cada qual com sua arma — respondeu o capitão, olhando fixamente para Ned Land.

Percebi que estava furioso com a resposta. Mas distraiu-se ao ver o corpo de uma baleia. Não conseguira fugir dos cachalotes. Seu corpo flutuava de lado. Da extremidade de sua barbatana mutilada pendia um filhote que a mãe não conseguira salvar da morte. O capitão Nemo conduziu o Nautilus até o cadáver do animal. Dois de seus homens subiram para o dorso da baleia. Para minha surpresa, extraíram dois ou três barris de leite de suas mamas.

Pouco depois, o capitão me ofereceu uma xícara do leite ainda quente. Senti certa repugnância, mas ele insistiu. Era excelente!

A partir daquele dia comecei a me preocupar cada vez mais. A atitude de Ned Land para com o capitão Nemo tornara-se ainda pior. Resolvi vigiar cautelosamente os atos do canadense.

13
A BANQUISA

O Nautilus continuou rumo ao sul. Pretendia chegar ao polo? Eu não acreditava. Até então, todas as tentativas para chegar até lá haviam falhado[93]. Mas no dia catorze de março avistei blocos de gelo flutuantes, de seis ou sete metros. O submarino mantinha-se à superfície. Ned Land, que já havia pescado nos mares árticos, estava familiarizado com o espetáculo. Eu e Conseil o admirávamos pela primeira vez.

No sul, havia uma faixa branca deslumbrante. Era um banco de gelo. Logo surgiram blocos maiores, cujo brilho se alterava de acordo com o nevoeiro. Alguns blocos, parecidos

[93] A Antártida é o lugar mais frio do planeta (a temperatura pode chegar a 90 °C negativos), mais seco e mais exposto a ventos. As condições climáticas são tão difíceis que apenas em 1911 o explorador norueguês Amundsen alcançou o polo Sul.

com enormes ametistas, eram atravessados pela luz. Outros refletiam os raios luminosos como gigantescos cristais.

Quanto mais seguíamos em direção ao sul, maior era o número e o tamanho daquelas ilhas flutuantes. Havia milhares de ninhos de aves polares. Albatrozes[94], procelárias, petréis e gaivotas gritavam. Algumas confundiam o submarino com o cadáver de uma baleia, vinham pousar sobre ele e bicavam suas chapas metálicas.

[94] O "albatroz" é uma grande ave marinha (suas asas abertas podem chegar a mais de 3 metros).

Enquanto navegamos entre blocos de gelo, o capitão Nemo esteve a maior parte do tempo junto do timoneiro. Observava aquele deserto branco com atenção. Mais de uma vez surpreendi um brilho em seu olhar. Naqueles mares polares, proibidos ao homem, estava em seu próprio elemento. Permanecia imóvel, só se movendo quando era despertado por seu instinto de navegador. Dirigia o Nautilus com habilidade, evitando os *icebergs*, alguns dos quais com vários metros de comprimento e de setenta a oitenta metros de altura! Muitas vezes o horizonte parecia completamente fechado.

Mas o capitão procurou, com cuidado, até encontrar uma estreita abertura através da qual deslizou o Nautilus. Mesmo sabendo que logo ela se fecharia atrás dele.

Guiado por aquela mão hábil, o Nautilus superou os riscos. A temperatura era muito baixa. Mas nossas roupas eram suficientes para resistir ao frio. No interior do Nautilus, graças ao aquecimento elétrico, havia calor.

Em quinze de março, ultrapassamos a latitude das ilhas New Shetland e das Orkney do Sul. Segundo contou o capitão, multidões de focas habitavam a região. Mas os baleeiros ingleses e americanos, no furor da caça, massacravam os adultos e as fêmeas prenhes, aniquilando os animais.

Atravessamos o Círculo Polar Antártico no dia dezesseis de março. Estávamos rodeados de gelo. No horizonte, não havia sinal de passagem. Mas o capitão Nemo subia sempre, de canal em canal.

— Qual o nosso destino? — perguntava eu a Conseil, mesmo sem esperar por uma resposta.

— Sempre à frente — respondia o rapaz. — Só vai parar quando não puder ir além.

— Não sei. Algo ele está planejando — afirmei.

A aventura era fascinante, devo confessar. A beleza daquela região era incrível. As geleiras eram soberbas. Às vezes se assemelhava a uma cidade oriental, com minaretes e mesquitas. Outras, a uma cidade desmoronada. A todo momento, avalanches, maciços partidos, blocos flutuantes. O cenário podia mudar em um instante! Quando estávamos imersos, durante as convulsões, o estrondo se propagava sob as águas com extrema intensidade. Provocava redemoinhos até as camadas mais profundas. O submarino jogava e balançava. Eu temia que nos tornássemos definitivamente prisioneiros daqueles mares.

Graças a seu admirável instinto, o capitão Nemo descobria sempre novas passagens. Eu estava certo de que não era a primeira vez que atravessava os mares antárticos.

Apesar disso, em dado momento os campos de gelo fecharam o trajeto. Eram vastidões geladas cimentadas pelo frio. Mas o capitão Nemo se lançou sobre o gelo com violência. O Nautilus penetrava a massa como uma cunha, e a rompia, abrindo passagem. Os pedaços de gelo arrancados caíam como granizo.

Passamos por violentas tempestades. Atravessamos nevoeiros tão espessos que de uma extremidade da plataforma não se via a outra. O vento soprava de todos os pontos do quadrante. A neve acumulava-se em camadas tão duras que era preciso parti-la a golpes de picareta. A cinco graus abaixo de zero, todo o exterior do Nautilus se cobria de gelo. Um veleiro não teria conseguido passar. Somente um navio movido a eletricidade poderia enfrentar aqueles mares!

A bússola oferecia direções contraditórias ao se aproximar do polo magnético meridional. Finalmente, dia dezoito, depois de várias tentativas para continuar, o Nautilus ficou preso. Já não estava diante de campos de gelo ou *icebergs*. Mas de uma interminável barreira formada por montanhas soldadas entre si.

— A banquisa[95] polar! — exclamou Ned Land.

Sua expressão era de medo. Para ele, como para todos os navegantes anteriores, era um obstáculo insuperável. Tínhamos entrado profundamente naquelas águas. Seria muito difícil voltar. Mas à nossa frente não havia mais mar algum. Somente uma vasta planície coberta de neve, atravancada por gigantescos blocos de gelo. Aqui e ali, picos agudos se elevavam a sessenta metros, como fantásticas agulhas. Penhascos cinzentos refletiam os raios do Sol através da bruma. E sobre tudo aquilo reinava um feroz silêncio, somente quebrado pelo bater das asas dos petréis e das procelárias.

O Nautilus parou.

[95] A "banquisa" se forma durante o inverno polar, quando a temperatura da água na superfície do mar atinge 2 °C negativos. Forma-se uma extensa camada de gelo cuja espessura pode chegar a dois metros.

— Quero ver se o capitão é capaz de continuar — disse Ned Land. — Se conseguir, provará que é um homem de coragem.

— Por que diz isso, Ned?

— Ninguém consegue atravessar a banquisa polar. O capitão Nemo pode ser poderoso, mas ninguém é mais forte que a natureza. Quando ela coloca limites, qualquer homem é obrigado a parar.

— Mas confesso, Ned Land, que gostaria muito de saber o que há além dessa muralha de gelo. Um obstáculo como esse me irrita.

— Ora, eu sei o que existe — respondeu o arpoador.

— Que é?

— Gelo e mais gelo!

— Não tenho a mesma certeza. Gostaria de comprovar.

— Desista, professor. Ninguém jamais foi além da banquisa polar.

Vamos ter que voltar para onde vivem as pessoas de bem! Quer o capitão queira, quer não!

O Nautilus ficou reduzido à imobilidade. Voltar era tão impossível quanto continuar. As passagens já se haviam fechado atrás de nós. O próprio Nautilus, se continuasse parado, em breve estaria bloqueado. Foi o que aconteceu lá pelas duas horas da tarde. O gelo o aprisionou com rapidez espantosa. "Sou obrigado a reconhecer que o capitão Nemo é muito imprudente!", refleti.

Eu estava na plataforma. O capitão aproximou-se.

— Que pensa sobre o que está acontecendo, professor?

— Ficamos presos, capitão.

— Acha que o Nautilus não poderá se libertar?

— Já é muito tarde para que ocorra um degelo, capitão.

— Ah, professor. Não muda? Só enxerga impedimentos, obstáculos? Afirmo que o Nautilus não só se libertará, como seguirá em frente! Até o polo Sul!

— Até o polo? — admirei-me, incrédulo.

— Sabe que faço do Nautilus o que bem entendo!

Aquele era sem dúvida o homem mais corajoso que eu conhecera! Mas vencer os obstáculos do polo Sul, que é ainda mais inacessível que o polo Norte? Só um doido poderia ter tal projeto!

— Capitão Nemo, já viajou neste polo onde nenhum ser humano pisou até agora?

— Não, senhor. Vamos descobri-lo juntos! Nunca trouxe o Nautilus para tão longe quanto agora. Mas, repito, irá mais longe ainda!

— Pretende quebrar este campo de gelo, capitão? Derrubar as montanhas?

— Não vamos por cima, professor. Vamos por baixo!

— Por baixo? — indaguei, aterrorizado.

O capitão sorriu.

— O que é impraticável para um navio comum é fácil para o Nautilus!

Concordei.

— Se a superfície do mar está congelada, as camadas inferiores estão livres.

— Poderemos navegar a trezentos metros abaixo da superfície — explicou o capitão. — Lá a temperatura é estável. Não teremos que enfrentar os trinta ou quarenta graus abaixo de zero da superfície. O único problema é ficarmos vários dias imersos sem renovarmos o suprimento de ar.

— Mas o Nautilus tem vastos reservatórios!

— Estou levantando os problemas. Há outro, professor. Se o mar estiver completamente fechado, não conseguiremos voltar à superfície. Nunca mais!

— Capitão, por que não haveria mar livre no polo Sul, se há no polo Norte?

— É o que penso, professor. Correremos o risco!

Fez um sinal. O imediato apareceu. Os dois homens conversaram na linguagem incompreensível. Talvez estivesse a par dos projetos do capitão. Ou acostumado com suas decisões temerárias. Mas não fez um gesto de surpresa.

Por mais impassível que tenha se mostrado, não foi diferente de Conseil. O rapaz respondeu simplesmente:

— Como o senhor quiser.

Mas Ned Land teve outra reação. Seus ombros se ergueram a tal ponto que pareciam asas!

— O senhor e seu capitão Nemo estão completamente fora de si! — reagiu.

— Iremos até o polo, Ned.

— Nunca mais voltaremos! Vou me trancar, para não cometer uma loucura!

Ned foi para sua cabine.

Os preparativos começaram. As potentes bombas do Nautilus enchiam os reservatórios de ar, e o armazenavam a alta pressão. Às quatro horas, o capitão Nemo avisou que a escotilha que se abria para a plataforma seria fechada. Lancei um último olhar sobre o imenso campo de gelo que pretendíamos atravessar. O tempo estava claro, a atmosfera pura, o frio muito cortante, doze graus abaixo de zero. Mas como o vento amainara, era suportável.

Uma dúzia de tripulantes quebrou com golpes de picareta o gelo em volta do Nautilus. Entramos todos. O Nautilus submergiu.

Fui para o salão com Conseil. Os painéis de metal se abriram. Através das paredes de vidro, eu e Conseil observamos o oceano austral. À medida que descíamos, o termômetro subia.

O Nautilus desceu a oitocentos metros. As manobras eram realizadas com absoluta precisão.

— Vamos passar — disse Conseil.

— Assim espero!

Navegando nas profundezas do mar, o Nautilus rumou diretamente para o polo.

Eu e Conseil passamos boa parte da noite diante do vidro. O mar era deserto. Às duas da manhã, fui me deitar. Conseil fez o mesmo. Ao atravessar os corredores, não vi o capitão Nemo. Supus que estivesse na cabine do timoneiro.

No dia seguinte, dezenove de março, às cinco horas da manhã, voltei para o salão. A velocidade do Nautilus diminuíra. Subia para a superfície. Meu coração bateu mais forte. Iríamos para mar aberto?

Não! O Nautilus batera na banquisa, ainda muito espessa. O gelo ainda estava acima de nós.

Durante todo o dia, o Nautilus tentou subir à tona. Todas as vezes, batia na muralha gelada!

Assim continuamos, sempre abaixo de uma interminável parede de gelo.

Mal consegui dormir. Levantei-me várias vezes durante a noite. O Nautilus continuava procurando passagem, com choques assustadores. Mas começamos a navegar em sentido diagonal, para cima. A banquisa se afinava, com rampas alongadas.

Finalmente, às seis horas da manhã, o capitão Nemo abriu a porta do salão.

— Encontramos o mar livre! — anunciou.

14
O POLO SUL

Corri para a plataforma. Sim. Estávamos em mar aberto. Apenas alguns blocos de gelo flutuavam. *Icebergs*. Avistei uma multidão de aves! Havia peixes no mar! O termômetro marcava três graus centígrados acima de zero. Era como uma primavera naquele mundo de gelo.

A dez milhas ao sul, havia uma ilhota solitária. Fomos até ela. Não era grande. Separava-se de uma vasta extensão de terra por um canal. A existência de terra pareceu dar razão às hipóteses de Maury[96]. O engenhoso americano observou que entre o polo Sul e o

[96] Matthew Fontaine Maury (1806-1873) é considerado o pai da oceanografia. Ele foi um dos primeiros a formular uma hipótese consistente sobre a existência de um leito rochoso sob o gelo antártico.

paralelo 60[97] o mar está coberto de *icebergs* de enormes dimensões, que nunca são vistos no Atlântico Norte. Por isso, concluiu que o Círculo Antártico possui vastas terras, uma vez que os *icebergs* não se formam em pleno mar, mas unicamente na costa. Segundo seus cálculos, a massa de gelo que envolve o polo forma uma vasta calota[98], cuja largura deve atingir os quatro mil quilômetros.

O Nautilus ancorara próximo a uma baía dominada por rochedos. O barco foi lançado ao mar. O capitão, Conseil, eu e mais dois homens embarcamos com instrumentos. Eram dez horas da manhã. Ned Land continuava trancado. Provavelmente não queria dar o braço a torcer, reconhecendo termos chegado ao polo Sul.

O barco chegou à margem. Conseil ia saltar. Eu o impedi.

— Capitão Nemo — disse eu. — Cabe ao senhor a honra de ser o primeiro homem a pisar nesta terra.

— Aceito! Nenhum outro homem chegou até aqui antes!

[97] "Paralelo 60" é a linha imaginária que corta o planeta Terra na direção leste-oeste na altura da latitude 60°.

[98] "Calota polar" é a região de altas latitudes de um planeta ou de uma lua. Essas regiões recebem menos energia solar e por isso nelas predominam baixas temperaturas. No caso das calotas polares do planeta Terra, esse gelo é formado basicamente por água.

Saltou para a areia. Estava emocionado. Subiu em um rochedo. Com os braços cruzados, imóvel, mudo, pareceu tomar posse das regiões austrais. Cinco minutos depois, nos chamou. Desembarquei, seguido por Conseil.

Sobre o solo havia restos de lava e pedras-pomes. A vegetação era mínima. Alguns liquens presos às rochas negras. A praia estava juncada de moluscos, mexilhões, búzios e clios[99] de corpo oblongo e membranoso.

A vida abundava nos ares. Vi milhares de pássaros, de espécies variadas. Também havia pinguins sobre os rochedos. Não tinham medo de nós, nem nós deles. Entravam à nossa frente. Ágeis na água, desastrados em terra. Formam comunidades e parecem se comunicar entre si.

Mas o sol ainda não aparecera. Sem ele não podíamos calcular nossa posição. Era preciso saber se realmente tínhamos chegado ao polo Sul!

O capitão Nemo silenciou. Parecia impaciente. Mas que fazer, a não ser esperar?

[99] "Clios" são moluscos que fazem parte do plâncton.

Aos poucos o nevoeiro transformou-se em neve. Voltamos para o Nautilus.

Durante nossa ausência, as redes haviam sido lançadas. Observei os peixes capturados. Muitos peixes migratórios se refugiam nos mares antárticos.

A tempestade de neve durou até o dia seguinte. Era impossível permanecer na plataforma. O Nautilus seguiu pela costa. No dia seguinte, a neve cessara. Fui com Conseil para a terra. Da mesma maneira, uma grande quantidade de aves animava o local. Rebanhos de focas nos observavam docemente.

— Ainda bem que Ned Land não veio! — comentou Conseil.

— Por que diz isso?

— Iria querer caçar as focas para comê-las!

Fomos para uma baía que se abria na muralha de granito da margem.

A terra e o gelo estavam repletos de mamíferos marinhos. Especialmente focas. Dividiam-se entre machos e fêmeas. O pai velava pela família, enquanto a mãe amamentava os filhotes. Alguns jovens, já fortes, começavam a se libertar. Para se deslocar, esses mamíferos davam pequenos saltos, provocados pela contração do corpo. Utilizavam também suas barbatanas. Na água, esses animais de pelo curto e espesso e pés espalmados nadam admiravelmente. Em terra, têm atitudes graciosas. Seu olhar doce é comovente.

Mostrei a Conseil o desenvolvimento de seus lóbulos cerebrais. Nenhum mamífero, além do homem, apresenta mais rica matéria cerebral. As focas possuem certo grau de inteligência. São capazes de receber alguma educação. É fácil domesticá-las.

A maior parte dormia nos rochedos ou sobre o gelo. Entre elas deslizavam elefantes-marinhos, espécie de focas de tromba curta e móvel — os gigantes da espécie, que chegam a medir dez metros. Não fizeram nenhum tipo de movimento quando nos aproximamos.

— São perigosos? — perguntou Conseil.

— Só quando atacados. Quando uma foca defende o filho, seu furor é terrível. É capaz de afundar pequenos barcos!

— Está no seu direito — refletiu Conseil.

Mais adiante, tivemos que parar por causa do promontório que protegia a baía contra os ventos do sul. Caía abruptamente sobre o mar, e as ondas batiam com intensidade. Resolvemos voltar. Às onze horas e trinta e cinco minutos chegamos ao ponto de nosso desembarque. O capitão Nemo lá estava, de pé em um bloco de basalto, cercado de instrumentos. Observava o céu. Mas novamente o Sol não havia surgido!

Instalei-me a seu lado, em silêncio. O Sol não apareceu.

Só nos restava mais um dia. Senão, teríamos que desistir de verificar se realmente estávamos no polo Sul.

A partir do dia vinte e um de março o Sol desapareceria no horizonte durante seis meses[100]. Começaria a longa noite polar. Falei sobre isso com o capitão Nemo.

— Está certo, professor. Confio que amanhã, dia vinte e um de março, ao meio-dia, o Sol estará a prumo!

Voltamos a bordo. Fomos descansar.

No dia seguinte, encontrei o capitão na plataforma.

— Logo iremos para a terra, escolher um ponto de observação — disse ele. — O céu está mais claro!

Fui convidar Ned Land para que viesse conosco. Mas ele se recusou. Seu mau humor aumentara. Não lamentei muito sua negativa. Não desejava que atacasse as focas!

Eu, o capitão Nemo, Conseil e dois tripulantes fomos para a terra. O Nautilus navegara um pouco durante a noite. A região era ligeiramente diferente. Vi numerosas baleias. Inclusive a da espécie *right-whale*, que não possui barbatana dorsal. O capitão subiu até o pico de uma montanha, para observar melhor. Eu e Conseil o seguimos.

[100] O eixo de rotação da Terra é inclinado em relação ao plano da sua órbita ao redor do Sol. A incidência da luz do Sol varia conforme a latitude e a época do ano. No inverno, a inclinação da Terra em relação ao Sol faz com que as noites sejam mais longas do que os dias. Essa diferença fica maior conforme nos aproximamos dos polos. Nas latitudes extremas, a inclinação é suficiente para que o Sol fique abaixo da linha do horizonte durante todo o inverno (e sempre acima do horizonte durante o verão).

Do alto, admirei campos resplandecentes de brancura. O mar se confundia com o horizonte. Finalmente, às quinze para o meio-dia, o Sol apareceu!

O capitão Nemo observou sua posição. Eu segurava o cronômetro. Ao meio-dia, metade do Sol desapareceu. Era a certeza de que precisávamos. Estávamos de fato no polo Sul!

— O polo Sul! — comemorou o capitão.

Entregou-me a luneta. Observei o Sol. Dividia-se em duas porções iguais!

O capitão Nemo ergueu a voz:

— Eu, capitão Nemo, tomo posse desta parte do globo!

— Em nome de quem, capitão?

— Em meu nome, professor! Apenas em meu nome!

Ao dizer isso, desenrolou uma bandeira negra com um N dourado aplicado. Colocou-a sobre o pico da montanha. Exclamou:

— Adeus, Sol! Deixe que uma noite de seis meses estenda suas sombras sobre meu novo domínio!

15
PRESOS SOB O GELO

Os preparativos para a partida começaram na manhã seguinte. O frio era intenso. O termômetro marcava doze graus abaixo de zero. O vento parecia atravessar os trajes. O mar tendia a congelar. "Que acontece com as baleias nesse período?", pensei. "Devem procurar águas mais habitáveis!"

As focas, eu já sabia, estão acostumadas com o clima. As aves migram para o norte.

Fizemos o mesmo: resolvemos mudar de paragens.

O Nautilus submergiu. À noite, já navegava sob a banquisa polar. Os painéis do salão estavam fechados, pois o casco podia bater em algum bloco submerso. Passei o dia escrevendo. Meu espírito se detinha em tudo o que tinha visto no polo Sul. Não queria esquecer um detalhe!

Qual seria nosso próximo destino?

Já havíamos atravessado catorze mil léguas no mar. Quanto já havia conhecido! As florestas de Crespo, o estreito de Torres, o cemitério de coral, os pesqueiros do Ceilão, o túnel arábico, os tesouros submersos na Espanha, a Atlântida e agora o polo Sul!

Deitado na cama, às três da manhã, senti um choque violento. Fui atirado para o meio do quarto. Ocorrera um acidente, sem dúvida! Não consegui ficar em pé! O Nautilus estava de lado!

Arrastei-me pelos corredores até o salão. Os móveis haviam caído. Felizmente, as vitrines de exposição, firmes na base, continuavam intocadas. Os quadros, fora de lugar. O Nautilus estava deitado e imóvel!

Ouvi passos e ruídos confusos. O capitão Nemo não apareceu. Quando ia deixar o salão, Ned Land e Conseil surgiram.

— Sei muito bem o que aconteceu! — rugiu Ned Land. — O Nautilus bateu e está encalhado. Desta vez não vai se safar como no estreito de Torres!

— Pelo menos estamos na superfície? — perguntei.

— Não sei! — disse Conseil.

Consultei o manômetro. Estávamos a trezentos e sessenta metros de profundidade!

Resolvemos procurar o capitão Nemo! Saímos do salão. Não o encontramos em seu camarote. A biblioteca estava vazia. Supus que ele estivesse na cabine do timoneiro. A única alternativa foi voltar ao salão e esperar.

Ned Land dava vazão a seu mau humor. Deixei que reclamasse à vontade. Permaneci em silêncio, preocupado.

Vinte minutos depois, o capitão Nemo entrou. Sua fisionomia, normalmente impassível, mostrava-se inquieta. Observou a bússola e o manômetro. Calculou nossa posição na carta náutica.

Não quis interrompê-lo. Quando terminou, perguntei:

— Algum problema, capitão?

— Houve um acidente.

— Grave?

— Talvez.

— O Nautilus encalhou?

— De fato. Fendido em sua base, por uma rachadura ou alguma mudança de temperatura, um *iceberg* tombou. Caiu sobre o Nautilus. Depois deslizou sobre o casco e o arrastou com uma força incrível. Estamos deitados de lado.

— Não é possível subir?

— É o que estamos tentando fazer. Mas continuamos presos no *iceberg*. Enquanto isso acontecer, não voltaremos a navegar!

A situação era difícil. De repente, senti um leve movimento no casco. O Nautilus se endireitava pouco a pouco. Ninguém falava. O chão voltou a ficar horizontal sob nossos pés. Passaram-se dez minutos.

O capitão Nemo saiu. O Nautilus parou de subir.

— Estamos salvos! — exclamei aliviado.

— Ainda bem! — murmurou Ned Land.

Os painéis se abriram. Observei o mar através do vidro.

Estávamos sob o mar, sem dúvida. Mas a uma distância de dez metros de cada lado havia uma parede de gelo. Em cima e embaixo também! Nosso teto era a banquisa. Embaixo e dos lados, o *iceberg*. O Nautilus fora aprisionado em um túnel de gelo!

— Como é lindo! — murmurou Conseil.

— De fato, é deslumbrante! — concordei.

— Que importa a beleza? — reagiu Ned Land. — Esse espetáculo pode nos custar muito caro se não sairmos daqui.

O Nautilus partiu a toda velocidade. Os painéis do salão fecharam-se.

Sentimos um novo choque. O Nautilus batera contra uma parede de gelo. Iniciou um movimento de ré.

— Acho que deste lado não há saída! — murmurei. — Vamos sair pelo outro, com certeza.

Queria parecer mais calmo do que estava. Agarrei um livro. Mas nem consegui ler.

Passaram-se algumas horas. Às oito horas e vinte e cinco minutos houve um segundo choque, dessa vez na parte contrária. Empalideci. Apertei a mão de Conseil. O capitão entrou:

— Estamos bloqueados? — perguntei.

— Sim, estamos. Não há saída.

16
SEM AR

O Nautilus estava preso em um impenetrável muro de gelo. Éramos prisioneiros da banquisa! O canadense bateu o punho na mesa, de tanto nervosismo. Conseil se calara. Encarei o capitão. Sua atitude continuava impassível. De braços cruzados, refletia. O Nautilus não se mexia.

O capitão retomou a palavra. Disse com voz calma:

— Senhores, há duas maneiras possíveis de morrer nas condições em que nos encontramos.

Falava com a tranquilidade de um professor de matemática que dá explicações aos alunos:

— A primeira possibilidade é morrermos esmagados. A segunda, asfixiados. Não vejo possibilidade de morrermos de fome, porque nossas provisões durarão mais que nós. Vamos nos preocupar, portanto, com as hipóteses de esmagamento ou asfixia.

— Nossos reservatórios de ar estão bem cheios, capitão — observei.

— Mas são suficientes apenas para dois dias. Estamos sob as águas há trinta e seis horas, e a atmosfera já precisa ser renovada. Daqui a quarenta e oito horas nossa reserva de ar estará esgotada.

— Não estaremos livres antes desse prazo?

— Vamos fazer o possível para furar a muralha que nos envolve. Meus homens vão vestir os escafandros, entrar na água e usar a sonda nas paredes do *iceberg*, para descobrirmos onde ela é menos espessa. Vamos tentar abrir caminho!

— Gostaria de ver tudo pelos painéis do salão, se estiverem abertos.

— Nenhum problema, enquanto continuarmos parados.

O capitão saiu. O Nautilus desceu lentamente e pousou sobre o gelo, a trezentos e cinquenta metros. O *iceberg* nos envolvia como um casulo.

— Temos que ser corajosos, meus amigos — disse eu.

— Concordo — disse Ned Land. — Não é o momento para desavenças. Sou tão hábil com a picareta quanto com o arpão. Posso ser útil ao capitão, se ele precisar de mim.

— Ele não recusará sua ajuda. Vamos, Ned.

Levei o canadense ao compartimento onde os tripulantes já colocavam os escafandros. O capitão aceitou sua ajuda. Ned Land foi para o mar com eles.

Fui com Conseil para o salão. Observei quando o grupo de homens, entre eles Ned Land, saiu. O capitão Nemo os liderava.

Antes de começar a escavação das muralhas de gelo, iniciou as sondagens. Longas sondas foram colocadas nas paredes laterais. Mas, mesmo depois de entrarem quinze metros, as sondas ainda não haviam chegado ao fim da muralha! Tentar sair por cima seria inútil, pois bateríamos no fundo da banquisa. Restava tentar por baixo. Após a verificação, descobriu-se que a parte inferior do *iceberg* tinha dez metros de espessura. Seria preciso cortar uma superfície do tamanho do Nautilus, para abrir uma saída.

O trabalho começou. O capitão Nemo mandou desenhar o buraco a ser cavado no gelo. As brocas entraram em ação em vários pontos da circunferência. Depois as picaretas atacaram. Enormes blocos iam sendo cortados.

Após duas horas de trabalho enérgico, Ned Land voltou, esgotado. A equipe toda foi descansar, substituída por outra. Eu e Conseil nos juntamos ao grupo. Desta vez, o imediato do Nautilus nos dirigia.

A água estava muito fria. Mas logo me aqueci, tal era a intensidade do trabalho. Quando regressei, após duas horas de trabalho, para comer e descansar, senti uma notável diferença entre o fluido puro do reservatório do escafandro e a atmosfera do Nautilus, já carregada de gás carbônico. O ar não era renovado havia quarenta e oito horas!

Em doze horas só havíamos retirado um metro de gelo! Se continuássemos no mesmo ritmo, precisaríamos de cinco noites e quatro dias para terminar!

— O ar nos reservatórios não será suficiente! — comentei com meus companheiros.

— Pior! Depois de ultrapassadas as muralhas do *iceberg*, ainda estaremos embaixo da banquisa! Sem poder subir à superfície! — lembrou Ned Land.

A situação era desesperadora.

De manhã descobri outro problema, ainda mais grave. As muralhas laterais se aproximavam. A água onde estávamos congelava. Tudo tendia a se transformar em um único bloco sólido de gelo. Com o Nautilus em seu interior!

Falei com o capitão sobre esse mais novo perigo.

— Eu já sabia — disse ele, com um tom de voz absolutamente calmo. — Nossa única possibilidade de salvação é trabalhar mais depressa que o processo de solidificação!

Naquele dia lutei obstinadamente com a picareta, assim como todos os outros. Quando anoiteceu, mais um metro de fosso fora aberto.

Ao voltar a bordo, quase sufoquei com a atmosfera impregnada de gás carbônico! Naquela noite, o capitão Nemo teve que abrir as torneiras dos reservatórios e lançar ar puro para o interior do Nautilus. Nosso suprimento diminuiu ainda mais.

No dia seguinte, vinte e seis de março, continuamos a trabalhar com as picaretas. As paredes externas e a superfície tornavam-se ainda mais espessas, com exceção do lugar onde trabalhávamos. Graças ao nosso calor, não se congelava. Nosso tempo parecia se esgotar! Quase me rendi ao desespero. "Para que cavar se morreria asfixiado ou esmagado pela água que se tornava pedra? É como se estivesse na boca de um monstro!", pensei eu.

O capitão Nemo passou por mim. Toquei em sua mão e apontei as muralhas de gelo que se aproximavam. Estavam a menos de quatro metros do casco!

Ele fez um sinal para que eu voltasse a bordo. Tiramos o escafandro. Fomos para o salão.

— Capitão, quanto ar nos resta?

— Mesmo economizando ao máximo, como tenho feito, somente até depois de amanhã!

Um suor frio brotou na minha testa. Mas por que me admirava? Havia cinco dias vivíamos de nossas reservas. O que restava de ar respirável estava sendo reservado para as equipes de trabalho.

Silencioso e imóvel, o capitão Nemo refletia. Uma ideia atravessou seu espírito. Mas ele parecia afastá-la, para depois voltar a ela. Finalmente, exclamou:

— Água fervendo!

— Água fervendo? — exclamei.

— Sim, professor. Estamos fechados em um casulo. Será que jatos de água fervendo, injetados pelas bombas do Nautilus, não retardariam o congelamento?

— Temos que experimentar!

— É o que vamos fazer!

O capitão Nemo levou-me para a cozinha, onde funcionavam os enormes aparelhos destilatórios que forneciam água potável. A seu comando, foram cheios de água. As pilhas aqueceram as serpentinas. Em poucos minutos a água atingira cem graus. As bombas foram alimentadas, enquanto os aparelhos destilatórios recebiam mais água.

Iniciou-se a injeção de água fervente. Três horas depois, os termômetros exteriores marcavam seis graus abaixo de zero. Havíamos ganhado um grau! Duas horas mais tarde, chegávamos a quatro graus.

— Vamos conseguir! — afirmou o capitão.

— Não seremos esmagados pelas paredes. Mas ainda há o risco de asfixia — lembrei.

Durante a noite, a temperatura da água onde estávamos presos subiu mais um grau. O perigo da solidificação fora evitado!

No dia seguinte, vinte e sete de março, seis metros de gelo haviam sido arrancados do fosso. Restavam quatro metros, que exigiriam quarenta e oito horas de trabalho. Mas não haveria ar suficiente. A situação foi piorando.

Senti uma angústia intolerável. Meus pulmões arfavam. Um torpor tomou conta do meu corpo. Deitei-me sem forças. Conseil sofria dos mesmos sintomas!

Foi uma felicidade voltar aos escafandros e respirar o ar puro dos reservatórios individuais! Os braços doíam, a pele das mãos esfolava! Mas valia a pena! Ninguém ficava mais de duas horas. O capitão Nemo dava o exemplo, submetendo-se à mesma severa disciplina. Terminado seu prazo, entregava seu reservatório a outro e voltava a bordo.

Ao final daquele dia, faltavam apenas dois metros! Mas os reservatórios estavam quase vazios. O que restava de ar devia ser poupado para os que trabalhavam!

Quando voltei a bordo, fiquei quase sufocado. Que noite! No dia seguinte mal conseguia me mexer. Sofria de dores de cabeça e vertigens. Meus companheiros desmaiaram. Alguns tripulantes agonizavam.

Era o sexto dia de nossa prisão!

O capitão Nemo resolveu tomar uma atitude heroica. O trabalho com as picaretas ainda demoraria muito. Ele resolveu esmagar o gelo que ainda restava! Se desse certo, nos salvaríamos. Caso contrário, seria o fim!

Fez o Nautilus subir. Colocou-o exatamente em cima do fosso que estava sendo escavado. O gelo no local já fora bem desbastado. Ele contava com isso. Encheu os reservatórios de água. A equipe de escavação voltou a bordo. O Nautilus entrou no fosso já cavado! Apenas um metro de gelo nos separava da liberdade.

Em seguida, encheu os reservatórios com toda a água possível, recebendo cem metros cúbicos. O peso do Nautilus aumentou em cem mil quilos!

Ficamos à espera, palpitantes! Era nossa última cartada.

Ouvi um ruído sob o casco. Senti um desnivelamento. O gelo se partiu com um som semelhante ao rasgo de um papel. O Nautilus desceu!

Arrastado por seu peso extraordinário, o Nautilus mergulhou na água!

As bombas começaram a expulsar a água dos reservatórios. Após alguns minutos a queda parou. Voltamos a navegar. A hélice nos levou em direção ao norte!

Ainda não estávamos salvos. Dependíamos do tempo necessário para sairmos da parte coberta pela banquisa! Se demorássemos mais um único dia, não sobreviveríamos!

Permaneci estendido no divã da biblioteca. Rosto roxo, lábios azuis, sem conseguir pensar. Meus músculos não se moviam. Minha noção de tempo desaparecera.

A agonia começava. Ia morrer.

De repente, voltei à consciência. Lufadas de ar entravam em meus pulmões. Teríamos saído da banquisa? Voltado à superfície?

Não! Eram Ned Land e Conseil, meus companheiros, que se sacrificavam para me salvar. No fundo de um reservatório individual de um escafandro ainda restava um pouco de ar. Embora também não conseguissem respirar, o trouxeram para mim!

Olhei o relógio. Eram onze horas da manhã. O Nautilus navegava a toda velocidade.

Onde estaria o capitão Nemo? Morto? E os tripulantes, teriam sobrevivido até agora?

Nesse momento, olhei o manômetro. Estávamos próximos à superfície. Apenas uma placa de gelo nos separava do ar livre. Percebi o objetivo do capitão. Ia tentar quebrá-la!

O Nautilus assumiu uma posição oblíqua. Impelido pela hélice, atacou a placa de gelo por baixo. Furava-a pouco a pouco, recuava, batia novamente. Finalmente, com um impulso maior, lançou-se sobre a superfície gelada, que esmagou com o seu peso.

A escotilha foi imediatamente aberta. O ar puro invadiu, em grandes lufadas, todo o interior do Nautilus!

17
DO CABO HORN AO AMAZONAS

Nem sei como cheguei à plataforma. Talvez Ned Land tenha me levado até lá. Respirava com todas as forças de meus pulmões.

Meus companheiros faziam o mesmo.

— Respire, senhor, respire. Há ar para todos nós!

Ned Land não falava. Engolia golfadas de ar.

As forças voltaram a meu corpo. Olhei ao redor. Não havia nem um tripulante! Os misteriosos marinheiros do Nautilus preferiam ficar em seu interior. Nem mesmo o capitão Nemo subira.

Minhas primeiras palavras foram para agradecer meus dois companheiros. Ned Land e Conseil tinham me ajudado a suportar a agonia das últimas horas. Nunca poderia pagar tal gesto de amizade.

— Meus amigos, estamos ligados para sempre — disse eu. — Não estaria vivo sem sua ajuda.

— Vou lembrar do que disse — respondeu o canadense. — Quero ter o direito de arrastá-lo comigo quando fugirmos!

Silenciei. Não era o momento para discutir projetos de fuga.

— Sabe para onde vamos agora, professor? — perguntou Conseil.

— Tudo indica que para o norte.

— Resta saber se para o Pacífico ou para o Atlântico. Ou seja, para mares povoados ou desertos? — perguntou Ned Land.

Não pude responder. Se voltássemos ao Pacífico, longe de todas as terras habitadas, os projetos de fuga se tornariam impossíveis!

O Nautilus navegava a toda velocidade. Atravessamos o círculo polar. A viagem prosseguia em direção ao cabo Horn. No dia trinta e um de março estávamos em frente à ponta sul-americana.

Todos os sofrimentos já haviam sido esquecidos. A lembrança de nossa prisão na geleira apagava-se de nosso espírito. Só pensávamos no futuro. O capitão Nemo não aparecia nem no salão, nem na plataforma. Mas eu continuava verificando a direção pelos instrumentos. Era evidente que íamos para o Atlântico!

Quando contei a Ned Land, ele ficou satisfeito.

— É uma boa notícia! Vamos esperar nossa oportunidade!

No dia seguinte, quando o Nautilus subiu à superfície, avistamos uma costa no ocidente. Era a Terra do Fogo[101]. Recebeu esse nome quando seus descobridores viram a fumaça que saía das habitações dos indígenas. Trata-se de um vasto grupo de ilhas. A costa era baixa, mas ao longe se recortavam montanhas. Através das paredes de vidro, pude observar o fundo do mar, com bodelhas gigantescas de filamentos que mediam até trezentos metros de comprimento! Vi milhares de crustáceos e moluscos!

O Nautilus navegou rapidamente sobre os fundos ricos e plenos de vida! Ao entardecer, aproximou-se do arquipélago das Malvinas. A profundidade do mar era pequena. Nessa região, nossas redes apanharam uma grande quantidade de algas e mexilhões, considerados os melhores do mundo! Patos e gansos pousaram às dúzias sobre a plataforma, e logo foram juntar-se às provisões na despensa!

Vi também magníficas medusas[102]. Assemelham-se a cestos de cabeça para baixo, de onde sai uma cabeleira de tentáculos!

O capitão Nemo não aparecia. Prosseguimos pela costa sul-americana.

[101] A "Terra do Fogo" é um arquipélago localizado no extremo sul da América do Sul. Está separado do continente pelo estreito de Magalhães. Seu ponto extremo ao sul é o cabo Horn. Desde 1881, a parte leste do arquipélago pertence à Argentina, enquanto a parte oeste pertence ao Chile.

[102] "Medusa" (ou água-viva) é um animal cnidário e componente do zooplâncton. Seu corpo é composto basicamente por água, e seus tentáculos contêm espinhos que secretam uma toxina urticante. Tal mecanismo não é apenas uma defesa contra predadores, mas também uma forma de ataque, pois esse veneno é capaz de paralisar pequenos peixes.

Até três de abril continuamos na região da Patagônia. Às vezes debaixo d'água, outras, na superfície. O Nautilus atravessou o estuário formado pelo rio da Prata e logo se encontrou em frente ao Uruguai. Já tínhamos navegado dezesseis mil léguas desde nosso ponto de partida!

Atravessamos o Trópico de Capricórnio. O capitão Nemo, para frustração de Ned Land, não quis aproximar-se das costas habitadas do Brasil. Navegava em alta velocidade!

O Nautilus se manteve assim por vários dias. Dia nove de abril avistamos a ponta mais oriental da América do Sul, o cabo de São Roque. Mas o Nautilus afastou-se de novo, indo procurar a maior profundidade em um vale submarino, cavado entre esse cabo e Serra Leoa, na costa africana. Passamos pelo Equador. A uma distância relativamente pequena ficavam as Guianas, que pertenciam à França. Lá encontraríamos ajuda facilmente, se fugíssemos! Mas o vento estava muito forte. As ondas estavam altas. O pequeno barco que pretendíamos levar não conseguiria se manter à tona. Ned Land nem falou no assunto. Eu, menos ainda. Não queria empurrá-lo para uma tentativa que, estava claro, não daria certo.

Observei muitas espécies de peixes. Mas nunca me esquecerei de um espécime que veio na rede.

Era uma arraia muito achatada. Se a cauda fosse cortada, formaria um círculo perfeito. Pesava uns vinte quilos. Era branca por baixo e avermelhada na parte superior, com grandes manchas azul-escuras rodeadas de negro. A pele era muito lisa e terminada por uma barbatana. Estendida na plataforma, debatia-se com movimentos convulsivos. Fazia tantos esforços que possivelmente saltaria de volta para o mar. Mas Conseil agarrou-a com as mãos, para impedi-la de fugir. Imediatamente, ele caiu de costas, de pernas para o ar. Metade de seu corpo estava paralisado. Gritava!

— Oh, meu senhor, meu senhor, me acuda!

Eu e Ned Land o levantamos e o massageamos com força. Quando se recuperou, disse:

— Foi uma tremelga[103]!

— Exatamente. Por isso ficou nesse estado.

— Vou me vingar desse animal, senhor!

— Como, Conseil?

— Comendo-o!

Fez isso na mesma noite. Mas por pura vingança. Francamente, tinha um gosto pavoroso!

O infortunado Conseil fora atacado por uma tremelga do tipo mais perigoso. Esse animal tem a capacidade de fulminar os peixes a metros de distância dentro d'água, tal é a potência de seu órgão elétrico!

[103] "Tremelga" é uma das 69 espécies de arraia da ordem dos torpedinídeos, portanto, é uma arraia elétrica. As tremelgas chegam a medir 60 centímetros de diâmetro. As maiores raias elétricas podem atingir até 90 quilos e descarregar choques de até 220 volts.

Dia doze de abril, o Nautilus se aproximou da Guiana Holandesa. Vimos vários grupos de vacas-marinhas[104], que pertencem à ordem dos sirenídeos. Pacíficas e inofensivas, com comprimento de seis a sete metros, deviam pesar pelo menos quatro toneladas. Expliquei a Conseil e a Ned Land que, tal como as focas, esses animais pastam nas planícies submarinas, destruindo as aglomerações de ervas que obstruem as embocaduras dos rios tropicais.

Sabem o que aconteceu devido à caça predatória? Nas regiões onde esses animais foram quase totalmente aniquilados, as ervas apodrecidas envenenaram os ares! As condições climáticas facilitaram a difusão da febre amarela. Tudo por causa do desequilíbrio causado pelo homem[105]!

O Nautilus aproximou-se da costa. Um grande número de tartarugas marinhas dormia à superfície das águas. Admiramos suas enormes carapaças, escuras, mosqueadas de branco e amarelo.

Logo depois, voltamos para o mar alto. O Nautilus deixou a região do Amazonas.

[104] As "vacas-marinhas" são a versão marinha dos peixes-boi, que habitam os rios e fazem parte da fauna amazônica. São mamíferos e podem chegar a 750 quilos e medir 4 metros.

[105] Embora essa específica cadeia de fatos seja questionável, o conceito de "desequilíbrio ecológico" é exatamente esse. Ecossistema é o conjunto de fatores bióticos (animais, plantas, bactérias etc.) e abióticos (sol, água, ventos etc.) que agem sobre determinada região. Cada elemento de um ecossistema está intrinsecamente relacionado a todos os outros. Isso significa que uma brusca alteração em apenas um dos fatores pode acarretar o desequilíbrio de todo o sistema.

18
OS POLVOS

Durante dias seguidos, o Nautilus se afastou da costa. Era evidente que não queria navegar no golfo do México ou no mar das Antilhas. De longe, avistamos Guadalupe e Martinica.

Obviamente, o capitão Nemo queria evitar as águas repletas de navios. Mais uma vez, Ned Land ficou desanimado. Fugir em pleno oceano, longe da costa, seria muito arriscado. Seria impossível enfrentar uma perseguição.

Eu, Ned e Conseil tivemos uma longa conversa a respeito. Estávamos a bordo havia seis meses. Tínhamos viajado dezessete mil léguas.

— Essa viagem não vai terminar nunca! — afirmou Ned, amargurado.

Finalmente, fez uma proposta.

— Vamos falar com o capitão Nemo e perguntar diretamente se pretende nos manter prisioneiros a bordo para sempre.

Eu era contrário a essa atitude. Havia muito tempo o capitão se mostrava mais sombrio e menos sociável. Até a vontade de me explicar as maravilhas submarinas parecia ter desaparecido. Nunca vinha ao salão.

Uma coisa era certa: não devíamos esperar que nos desse liberdade.

Pedi a Ned que me deixasse pensar um pouco antes de agir. Uma questão frontal poderia despertar suspeitas. Nossa situação ficaria mais difícil. Por outro lado, nenhum de nós três tinha rompido com a humanidade, como o capitão e seus comandados. Eu queria partilhar meus conhecimentos. Escrever um novo livro sobre o fundo do mar, com informações únicas. Mais cedo ou mais tarde, seria preciso deixar o Nautilus!

Resolvi esperar uma oportunidade para conversar, mesmo acreditando que seria inútil. O Nautilus mergulhou em águas mais profundas. Chegamos a dois mil e depois três mil e quinhentos metros. Ali a vida animal se achava representada por estrelas-do-mar[106], lapas[107] e outros moluscos litorâneos de grande beleza.

[106] "Estrela-do-mar" é o nome genérico para diversas espécies de animais equinodermos. As estrelas-do-mar têm simetria pentarradial, cinco braços e para se alimentar expelem o estômago para fora de sua face oral. A carapaça das estrelas-do-mar pode ser lisa, rugosa ou apresentar espinhos.

[107] "Lapa", ou "chapeuzinho-chinês", é um molusco cujo corpo mole é recoberto por uma concha calcária.

Em vinte de abril subíramos a mil e quinhentos metros. As terras mais próximas eram as do arquipélago das Lucaias, espalhadas como pedras na superfície das águas. Submersos, vimos altas falésias submarinas, muralhas formadas por blocos gigantescos de pedra. As rochas estavam atapetadas por algas. Pelos vidros do Nautilus avistávamos centolas de pernas longas, caranguejos gigantescos e clios dos mares das Antilhas.

Ned Land chamou a atenção para um formidável formigueiro, que se agitava atrás das algas.

— São cavernas de polvos! — disse eu. — Não me admiraria se encontrássemos algum de grandes proporções.

— Bem que gostaria de ver um desses polvos de que tanto tenho ouvido falar, capazes de arrastar navios para o fundo do mar. Esses animais chamam-se Krakens[108].

— Acredita na existência de polvos gigantescos, senhor? — estranhou Ned.

— Muita gente já acreditou nisso.

— Mas não pescadores como eu!

[108] O "Kraken" aparece na mitologia nórdica, romana e grega geralmente na forma de um polvo de dimensões colossais. Acreditava-se que o Kraken tinha o tamanho de uma ilha e possuía cem braços.

— Um certo Oläus Magnus chegou a falar de um polvo do comprimento de uma milha, que se assemelhava mais a uma ilha que a um animal!

— É exagero! — garantiu o canadense.

— Para mim é tudo fruto da imaginação. Existem polvos e calamares de grande tamanho, e lulas também. Mas nenhum do tamanho de uma baleia. Em alguns museus há polvos cujo comprimento ultrapassa os dois metros.

— Ainda são pescados nos dias de hoje? — perguntou Ned Land.

— Pelo menos os marinheiros afirmam vê-los. Mas ocorreu um fato espantoso que não permite negar completamente a existência desses animais.

— Qual é? — perguntou Ned Land.

— Em 1861, a nordeste da ilha de Tenerife, a tripulação de um navio avistou um calamar gigantesco. Atiraram os arpões. Sem resultado. Os arpões atravessavam suas carnes moles! O monstro desapareceu no mar!

— Qual era seu tamanho? — perguntou Ned Land.

— Não teria seis metros? — interrompeu Conseil.

— Exatamente — respondi.

— A cabeça não possuía oito tentáculos que se agitavam na água como serpentes?

— Absolutamente correto!

— Os olhos colocados no alto da cabeça não eram enormes?

— Sim, Conseil!

— A boca não possuiria um bico terrível?

— Realmente!

— Nesse caso, aqui está um de seus irmãos!

Arregalei os olhos, surpreso. Ned Land fixou os olhos na parede de vidro.

— É espantoso! — exclamou.

Assustei-me. Diante de meus olhos havia um monstro horrível, digno de figurar nas mais fantásticas lendas!

Era um polvo de dimensões colossais, com uns oito metros de comprimento! Os oito tentáculos implantados na cabeça tinham o dobro do tamanho de seu corpo. Vi com perfeição as duzentas e cinquenta ventosas dispostas na face interna dos tentáculos. Às vezes essas ventosas se grudavam no vidro, como se o polvo quisesse nos capturar! A boca tinha um bico, que abria e fechava sem parar. A língua, armada de várias fileiras de dentes agudos, saía do bico! Era incrível! Um bico de ave em um molusco! A cor mudava com extrema rapidez. De acordo com o grau de irritação do animal, passava do cinzento-pálido ao vermelho-escuro!

Qual o motivo de sua fúria? Sem dúvida, o próprio Nautilus. Era maior que ele, e seus braços e mandíbulas não conseguiam agarrá-lo, por mais que tentasse!

Peguei um lápis e comecei a desenhá-lo.

Mais sete apareceram. Ouvia o som de seus bicos atacando o casco metálico. Era terrível!

Os monstros nos acompanhavam. Mesmo porque navegávamos em velocidade moderada.

De repente um choque fez o Nautilus parar!

— Encalhamos? — perguntei.

— No máximo tocamos um rochedo. Mas já voltamos a flutuar — respondeu Ned Land.

O Nautilus flutuava, mas as pás da hélice não se moviam. Um minuto depois o capitão Nemo, seguido pelo imediato, entrou no salão.

Não o via havia muito tempo. Tinha a aparência sombria. Não falou conosco. Foi para o painel. Observou os polvos e disse algumas palavras. O imediato saiu. Os painéis fecharam-se. As lâmpadas acenderam-se.

Fui falar com o capitão.

— É uma curiosa coleção de polvos — disse, para iniciar a conversa.

— Realmente, professor. E vamos combatê-los corpo a corpo!

Imaginei não ter ouvido bem.

— Corpo a corpo?

— A hélice está imobilizada. Creio que um deles enroscou as mandíbulas nas pás, o que nos impede de ir adiante. Temos que liberar a hélice.

— Que vai fazer?

— Subir à superfície e acabar com eles!

— Como?

— Não será fácil. Vamos ter de atacá-los com machado!

— Se quiser minha ajuda com o arpão, disponha! — ofereceu-se Ned Land.

— Aceito, mestre Land.

Resolvemos acompanhar o capitão. Nós três o seguimos para a escada central.

Uma dezena de tripulantes, armada com machados de abordagem, estava pronta para subir. Eu e Conseil também pegamos machados. Ned, o arpão.

O Nautilus voltara à superfície. Um dos marinheiros abriu a escotilha, que foi puxada violentamente. Um tentáculo gigantesco desceu pela abertura. O capitão Nemo o cortou com uma machadada. O tentáculo caiu no chão, enrolando-se.

Tentamos subir. Dois outros tentáculos agarraram o marinheiro que estava à frente e o levantaram como se não tivesse peso algum!

O capitão Nemo gritou. Correu para cima. Fomos atrás.

Que cena! Enrolado no tentáculo, o pobre marinheiro era balançado violentamente! Gritava, pedindo socorro.

Durante toda a minha vida lembrarei do apelo!

O capitão Nemo atirou-se sobre o polvo e cortou outro tentáculo. O imediato enfrentava outros monstros. Os tripulantes lutavam a machadadas. O canadense, Conseil e eu enterrávamos nossas armas nas massas carnudas. Um cheiro forte impregnava a atmosfera. Era horrível.

Por um instante, tive esperança de que o marinheiro fosse salvo. O capitão cortara sete tentáculos do polvo. Restava o último, que prendia a vítima. Mas o polvo lançou um jato de líquido escuro, segregado por uma bolsa no abdômen. Ficamos cegos. Quando a nuvem se dissipou, o monstro desaparecera. E com ele, o pobre marinheiro!

Não tivemos tempo para pensar. Dez ou doze polvos invadiram a plataforma. Lutávamos em meio a uma grande confusão, entre pedaços de tentáculos, ondas de sangue e tinta negra. Ned Land foi atirado ao chão!

Horrorizei-me. O terrível bico de um monstro abriu-se sobre meu amigo! Ia ser cortado em dois! Corri em sua direção. Mas o capitão Nemo chegara antes de mim. Cravou o machado entre as mandíbulas do polvo. Salvo, o canadense mergulhou seu arpão no triplo coração[109] do polvo.

— É um agradecimento que lhe devia! — disse o capitão a Ned Land, lembrando da vez em que fora salvo pelo canadense.

Ned Land inclinou-se sem responder.

Finalmente, os monstros, feridos, desapareceram nas ondas.

O capitão Nemo, imóvel, junto ao farol, olhava para o mar que engolira mais um de seus companheiros. Lágrimas corriam de seus olhos!

[109] Dois corações bombeiam sangue para cada uma das duas guelras do polvo, enquanto o terceiro coração bombeia sangue para o resto do corpo. Além disso, uma das estratégias de defesa desenvolvida ao longo da evolução desses animais é sua capacidade de descartar uma parte de seus membros (como o fazem algumas espécies de lagartixa). O membro descartado continua se mexendo, o que atrai a atenção do predador, possibilitando a fuga do polvo. Um braço novo se forma no lugar do descartado em algumas semanas.

19
A CORRENTE DO GOLFO

O capitão Nemo trancou-se em seu camarote. Não voltei a vê-lo durante algum tempo. Devia estar triste. Perdera mais um companheiro, triturado por um monstro. Nem pudera levá-lo para descansar no cemitério de coral! O Nautilus flutuava ao sabor das ondas. A hélice estava livre, mas continuava imóvel. Navegávamos ao acaso.

Dez dias se passaram dessa maneira. Em primeiro de maio o Nautilus retomou a direção para o norte. Seguíamos agora a corrente marítima, a corrente do Golfo, uma das principais de que se tem conhecimento.

É como se fosse um rio que corre entre as águas do Atlântico. Não se mistura com o oceano. É mais salgada que o mar. Em certos locais, sua velocidade é de quatro quilômetros por hora. Se estivesse em terra, seria o maior rio do mundo!

Inicia-se no golfo da Gasconha. Desce para o sul, ao longo da África equatorial. Atravessa o Atlântico, chega ao cabo de São Roque, na costa brasileira, e bifurca-se em dois ramos. Um vai para o mar das Antilhas, o outro, para o norte, ao longo da costa americana, para depois descrever um longo círculo em torno dos Açores. Finalmente retorna ao ponto de partida, no golfo da Gasconha.

Era nessa corrente que o Nautilus navegava, sob um mar coalhado de navios. As costas mais próximas eram habitadas. Ninguém nos vigiava. Surgia, enfim, uma boa possibilidade de fugirmos.

Mas os acontecimentos naturais nos impediram. O tempo estava muito ruim. As tempestades eram frequentes. Havia o risco de ciclones. Enfrentar um mar tempestuoso com um bote seria morte certa! Ned Land não se continha de impaciência:

— Isso tem que acabar, senhor Aronnax! Já fomos ao polo Sul. Não pretendo chegar ao polo Norte!

— Fugir agora é impossível!

— Insisto em falar com o capitão. Estamos próximos ao Canadá, a minha terra! Oh, senhor! Não quero mais ficar aqui. Prefiro me atirar ao mar!

Ele já não tinha mais paciência. Eu também sentia saudade de minha vida anterior. Estávamos havia sete meses no Nautilus. Sem notícias da terra, de nossas famílias, de ninguém!

— Diga, senhor, que faremos? — teimou Ned Land.

— Quer que pergunte ao capitão sobre suas intenções a nosso respeito?

— Exatamente!

— Mas ele já disse o que pretendia desde o começo!

— Fale com ele uma última vez!

— Tentarei. Mas eu raramente o tenho encontrado. É como se quisesse me evitar!

— Mais um motivo para procurá-lo.

— Está certo, Ned. Falarei com o capitão. Amanhã.

— Hoje, senhor Aronnax! Hoje!

— Está bem. Vou procurá-lo.

Era melhor que fosse eu a tratar do assunto. Pouco diplomático, Ned Land podia pôr tudo a perder!

Decidi falar com o capitão sem perda de tempo. Gosto mais de coisas feitas do que de coisas por fazer!

Entrei no meu camarote. Através da parede, ouvi ruídos no camarote do capitão. Fui até sua porta. Bati. Não houve resposta. Bati novamente. Virei a maçaneta. Abri a porta. Entrei.

O capitão Nemo estava sentado à escrivaninha. Escrevia, concentrado. Não me ouvira. Aproximei-me. Ao sentir minha presença, levantou a cabeça bruscamente. Franziu as sobrancelhas e perguntou em tom rude.

— Que faz aqui?

— Preciso falar com o senhor.

— Estou ocupado, como pode ver. Eu o deixo sozinho quando quer. Não pode agir da mesma maneira comigo?

A recepção não era das melhores. Mas resolvi ir em frente.

— Quero falar sobre um assunto importante.

Ele respondeu ironicamente.

— Acaso descobriu alguma coisa que eu não conheça?

Mostrou um manuscrito sobre a mesa.

— Eis, senhor Aronnax, um texto em várias línguas. É o resumo de tudo o que aprendi sobre o mar. Garanto que não é pouca coisa. Se Deus quiser, não desaparecerá quando eu me for. Esse manuscrito, assinado com o meu nome, com meus estudos e a história da minha vida, será encerrado em um objeto flutuante. O último sobrevivente do Nautilus o lançará ao mar. Irá para onde as ondas o levarem.

Seu nome verdadeiro! Sua própria história! Seu mistério seria revelado algum dia?

Fiquei curioso. Mas não quis falar sobre o tema. Achei melhor introduzir meu assunto.

— Capitão, só posso me entusiasmar com seu desejo de preservar seus estudos. Mas não concordo com o meio que pretende utilizar. Quem sabe para onde os ventos levarão um objeto lançado ao mar? Em que mãos cairá? Eu e meus companheiros levaremos com prazer o manuscrito, se nos libertar.

— Do que fala? Liberdade? — exclamou o capitão, levantando-se.

— É por esse motivo que o procurei, capitão. Há sete meses estamos a bordo do Nautilus. Queremos saber se planeja nos manter aqui para sempre.

— Eu lhe respondo agora com as mesmas palavras que lhe disse há sete meses, professor. Quem vem a bordo do Nautilus nunca mais pode deixá-lo!

O capitão cruzou os braços e me encarou. Respondi calmamente.

— Capitão, eu entendo seu ponto de vista. Tem paixão pelo estudo, como eu. Eu o admiro, saiba disso. Mas há outros aspectos de sua vida que não compreendo. É um homem cheio de mistérios. Aqui, eu e meus companheiros somos os únicos a não saber quem é, quais são seus objetivos e por que resolveu se afastar do contato com a sociedade humana. Não compartilhamos do mesmo desejo de isolamento que o senhor e seus comandados. É difícil viver assim. Principalmente para Ned Land! Já pensou que um dia ele pode não suportar mais e cometer uma loucura?

— Que me importa? Ned Land faça o que bem entender. Não fui eu que o procurei. Nem o conservo a bordo com prazer. Quanto ao senhor, professor Aronnax, é um homem especial. É capaz de compreender tudo, até o silêncio! Não tenho mais nada a falar sobre essa questão. Espero que esta seja a última vez que toque no assunto. Se tentar, nem sequer o escutarei!

Retirei-me. Mais tarde, contei a conversa a Ned Land e Conseil. O arpoador estava disposto a partir de qualquer maneira!

— Agora sabemos que ele pretende nos manter presos pelo resto da vida! O Nautilus está se aproximando de Long Island[110]. Fugiremos mesmo embaixo de uma tempestade!

Isso não era maneira de falar! O céu tornava-se cada vez mais ameaçador. Ao longe se viam camadas de nuvens escuras. As aves desapareceram[111]. O barômetro baixou consideravelmente, indicando a tensão dos vapores na atmosfera. A natureza anunciava uma terrível luta entre os elementos.

A tempestade rebentou no dia dezoito de maio, exatamente quando estávamos em frente a Long Island, a algumas milhas de Nova York. O capitão Nemo, por algum capricho inexplicável, resolveu enfrentá-la na superfície.

Subimos. O vento soprava violentamente. O capitão amarrara-se na plataforma para não ser levado pelas ondas tempestuosas. Eu também me amarrei. Admirei a tempestade. O mar encapelado era varrido por grandes

[110] "Long Island" é uma ilha do estado de Nova York, na Costa Leste dos Estados Unidos.

[111] É fato que pouco antes de tempestades desabarem é difícil ver um pássaro voando. Não se sabe exatamente qual mecanismo permite que as aves "pressintam" as bruscas mudanças climáticas.

nuvens. Ora deitado de lado, ora se erguendo como um mastro, o Nautilus rolava e balançava terrivelmente. Às cinco horas caiu uma chuva torrencial, que não acalmou o vento nem o mar. O furacão estourou, a quarenta léguas por hora. É nessas condições que derruba casas, leva telhados, desloca canhões de ferro! Mas o Nautilus era resistente como um rochedo. Flutuava, sem mastros para serem quebrados!

As ondas mediam até quinze metros de altura! De longe vi passar um navio que lutava para se manter à tona. Pouco depois, desapareceu!

Às dez horas da noite o céu era iluminado por múltiplos relâmpagos. Mas o capitão Nemo os encarava diretamente, como se aspirasse a alma da tempestade. O ciclone nos atingia!

Ah, a corrente do Golfo! Justificava seu título de "rainha das tempestades". É ela a responsável pelos ciclones devido à diferença de temperatura entre a corrente, o mar e as camadas de ar sobrepostas.

O céu desabava sobre nossas cabeças. Já sem forças, arrastei-me até a escotilha. Desci para o salão. O Nautilus jogava para todos os lados. Era impossível permanecer em pé!

O capitão Nemo desceu cerca de meia-noite. Em seguida, o Nautilus submergiu. Só depois de cinquenta metros as águas ficaram mais calmas. Pudemos, enfim, repousar.

Quem diria que, na superfície, um terrível furacão parecia destruir o mundo?

20
RESTOS DE UM NAUFRÁGIO

Durante a noite navegamos em direção ao Oriente. Acabara qualquer esperança de fuga para as terras americanas ou canadenses. De tanta angústia, Ned se isolou na cabine. Eu e Conseil não nos separávamos.

A região por onde passávamos era pródiga em naufrágios. Eram muitas as embarcações derrotadas pelas tempestades da superfície.

No dia quinze de maio estávamos na extremidade meridional da Terra Nova[112]. Era uma região de pesca, principalmente do bacalhau. Pude ver as longas linhas, armadas com duzentas iscas, que cada barco lançava às dúzias.

[112] A "Terra Nova" é uma ilha localizada na costa Atlântica do Canadá.

— Estou surpreso, senhor. Pensei que o bacalhau fosse chato.

— Assim são vendidos, Conseil, depois de salgados, pois são abertos e secos. Mas são peixes fusiformes, aptos para nadar. São muito consumidos. Só não desapareceram graças à sua espantosa fecundidade. Sabe quantos ovos já foram contados em uma fêmea?

— Não faço ideia, senhor.

— Onze milhões!

— Bem, senhor, prefiro acreditar no que diz a contá-los! Francamente!

Continuamos a navegar. Logo estávamos próximos à Irlanda. Em seguida, aproximamo-nos da Inglaterra. "O capitão Nemo se atreverá a enfrentar o canal da Mancha?[113]" — perguntei-me.

Ned Land voltara a nosso convívio. E não se cansava de me fazer perguntas. O capitão Nemo continuava invisível. Eu não sabia o que pensar. Estávamos tão próximos da civilização, e ao mesmo tempo tão distantes!

No dia trinta e um de maio o Nautilus descreveu vários círculos no mar. Era intrigante. Parecia procurar um ponto exato. Ao meio-dia, o próprio capitão Nemo apareceu para fazer cálculos. Estava mais triste do que nun-

[113] "Canal da Mancha" é uma estreita parte do Atlântico que separa as ilhas britânicas da Europa continental. O canal mede cerca de 500 quilômetros, e seu ponto mais estreito tem 34 quilômetros. É bastante raso, e um dos trechos mais movimentados dos mares europeus.

ca. Qual seria o motivo? Saudade de seu país? Acreditei que dentro em breve descobriria o mistério que o envolvia!

Finalmente, dia primeiro de junho, na plataforma, de sextante[114] na mão, o capitão Nemo fez novos cálculos. Disse, enfim:

— É aqui!

Desceu. Um navio alterara a rota e parecia aproximar-se. Não tinha bandeira. Assim, não pude distinguir sua nacionalidade. Teria sido visto pelo capitão?

Voltei para o salão. A escotilha se fechou. O Nautilus mergulhou. Pousou no fundo do mar, a uma profundidade de oitocentos e trinta metros.

Os painéis laterais se abriram. Observei o mar através dos vidros. A estibordo havia uma elevação. Pareciam ruínas sepultadas sob uma camada de conchas esbranquiçadas, semelhantes a um manto de neve. Ao examiná-las com mais atenção, reconheci as formas de um navio já sem mastros, que naufragara naquele local havia bastante tempo.

Que navio seria? Por que o Nautilus vinha visitar seu túmulo? Subitamente, senti o

[114] "Sextante" é um instrumento que mede o ângulo de um astro em relação ao horizonte. A partir desse ângulo, é possível determinar a latitude em que se encontra um navio.

capitão Nemo ao meu lado. Contou com voz emocionada:

— Esse navio chamava-se Marseillais. Tinha setenta e quatro canhões. Foi lançado ao mar em 1762. Passou por grandes batalhas. Participou da tomada de Granada, na Espanha. Em 1764, ajudou a escoltar uma esquadra francesa com um carregamento de trigo. Os navios encontraram-se com os ingleses em primeiro de junho. Há exatamente setenta e quatro anos, esse navio, após um combate heroico, preferiu afundar com seus trezentos e cinquenta e seis tripulantes a render-se na batalha contra os ingleses. Erguendo a bandeira, afundou, enquanto os marinheiros gritavam: "Viva a República!".

— É uma linda história, capitão.

— Mais que uma história, é um exemplo de coragem! O nome do navio havia sido mudado pelo governo revolucionário francês, que havia derrubado a monarquia[115]. Chamava-se Vengeur.

Estremeci. Por que motivo admirava a tal extremo um navio com o nome de vingador?

[115] Em 1789, a França passou por uma revolução: a população revoltou-se contra a nobreza e contra a monarquia. Era a Revolução Francesa. Foi um momento importante, pois a partir dessa revolução os ideais democráticos de igualdade, liberdade e fraternidade se espalharam pelo mundo todo.

21
VINGANÇA

Observei o capitão. Admirava os restos do barco naufragado. Agora eu sabia. Seu coração guardava o mais puro dos ódios. Ainda pretendia vingar-se! De quem? E por quê?

O Nautilus afastou-se dos destroços do navio. Emergimos. Quando chegamos à superfície, ouvi uma detonação surda. Olhei para o capitão. Ele continuava com a expressão imutável. Fui para a plataforma. Conseil e Ned já haviam subido.

— Que detonação foi essa? — perguntei.

— Um tiro de canhão, sem dúvida — respondeu Ned Land.

O navio que avistara anteriormente continuava a vir em nossa direção. Sua velocidade aumentava. Estava próximo.

— Parece ser um navio de guerra! — disse Ned Land. — Tomara que nos ataque e afunde este Nautilus!

— Amigo Ned, que mal ele poderá fazer ao Nautilus? Irá atacá-lo embaixo das ondas? — indagou Conseil.

Ned Land permaneceu em silêncio.

— Sabe dizer sua nacionalidade? — perguntei.

O canadense franziu as sobrancelhas. Apertou os olhos.

— Não, senhor. Não tem bandeira. Mas é um navio de guerra, com certeza.

A embarcação continuava em nossa direção.

— Se aquele navio se aproximar ainda mais, vou me atirar ao mar e pedir ajuda! Façam o mesmo! — disse Ned Land.

Permaneci em silêncio. Não importava a que país pertencia. Era certo que o navio nos abrigaria.

— Sei nadar bem, senhor. Se resolver fugir, eu me comprometo a levá-lo até o navio — afirmou Conseil.

Naquele instante, apareceu uma fumaça em sua proa. O canhão disparou. A bala caiu na água, bem próxima.

— Disparam em nós! — exclamei.

— Talvez pensem que somos um narval gigante! — arriscou Conseil.

— De maneira alguma. Eles sabem que somos seres humanos.

— Talvez seja esse o motivo do ataque! — disse Ned.

Quem sabe o capitão Nemo revidasse! Talvez, na noite em que nos trancou na cela, tenha atacado um navio! Devia ter sido esse o motivo! O capitão Nemo tinha inimigos, a quem jurara vingança!

No navio que se aproximava, não encontraríamos solidariedade. Só ódio!

As balas caíam em maior número. Nenhuma conseguia acertar o Nautilus. Mas se alguma atingisse um ponto crítico, poderia ser fatal!

Ned Land agitou o lenço no ar.

— Vamos fazer sinais! Pedir socorro!

Mal terminou de falar, foi atirado ao chão!

— Miserável! — disse o capitão.

Seu tom de voz era terrível. A expressão, pior ainda! Seus olhos chamejavam! O rosto contorcia-se de raiva! Apertava os ombros de Ned, furioso!

Em seguida, largou-o. Voltou-se em direção ao navio de guerra, cujas balas choviam em torno de nós.

— Ah! Sabe quem sou eu, navio de uma nação maldita? Eu não preciso de bandeira para reconhecê-lo! Vou mostrar a minha!

O capitão Nemo desenrolou uma bandeira negra, semelhante à que colocara no polo Sul. Colocou-a na frente do Nautilus.

Uma bala passou a palmos de seu rosto. Ele nem se importou. Ordenou em tom ríspido.

— Desçam!

— Vai atacar aquele navio, capitão?

— Vou afundá-lo!

— Não pode!

— Professor, não se atreva a me julgar. A fatalidade lhe mostrou o que não devia ver. Fomos atacados. Nossa resposta será terrível. Entre.

— Que navio é aquele?

— Não sabe? Tanto melhor! Desça!

Eu, Conseil e Ned Land não podíamos desobedecê-lo. Quinze tripulantes já cercavam o capitão e olhavam para o navio com um ódio implacável. O desejo de vingança soprava sobre todos aqueles homens!

Quando desci, ouvi um projétil bater no casco do Nautilus. O capitão Nemo gritou:

— Gaste suas balas inúteis! Dispare, navio insensato!

Fui para meu camarote. O capitão e o imediato ficaram na plataforma. A hélice foi posta em movimento. O Nautilus afastou-se velozmente, colocando-se fora do alcance das balas de canhão. A perseguição continuou. O capitão Nemo contentou-se em manter distância.

Minha curiosidade era enorme. Às quatro horas voltei para a plataforma, apesar da proibição. O capitão Nemo andava nervosamente de um lado para o outro, observando o navio. Navegava à sua volta, atraindo-o para o leste. Deixava-se perseguir.

Tentei falar com o capitão mais uma vez.

— Não tem o direito de afundar o navio! — argumentei.

— Eu sou a justiça! — gritou ele. — Sou o oprimido, ele é o opressor. Foi por causa do que esse navio defende que perdi tudo!

Sim, tudo o que amei, que venerei: pátria, mulher, filhos, meu pai, minha mãe! Tudo vi perecer! Ali está tudo o que odeio! Cale-se!

Lancei um último olhar ao navio de guerra. Desci novamente. Fui me encontrar com Ned Land e Conseil.

— Vamos fugir! — exclamei.

— Que navio é aquele? — quis saber Ned Land.

— Não faço a menor ideia. Mas certamente será afundado. Prefiro fugir a ser cúmplice desse ataque!

— Concordo. Mas é melhor esperar pela noite! — disse Ned Land.

Anoiteceu. A bordo o silêncio era absoluto. O Nautilus continuava na superfície.

Eu e meus companheiros havíamos decidido fugir quando o navio estivesse bem próximo. Assim poderíamos ser ouvidos. Ou talvez vistos, graças à luz da Lua crescente. Uma vez a bordo, avisaríamos o navio do risco que corria.

Várias vezes supus que o Nautilus fosse atacar. Mas deixava o adversário se aproximar para depois fugir.

Uma parte da noite correu sem incidentes. Aguardávamos o momento ideal para a fuga. Pouco falamos. Estávamos muito emocionados. Na minha opinião, o Nautilus iria atacar o navio à superfície. Seria não só possível, mas até fácil fugir.

Às três da manhã subi à plataforma. O capitão Nemo estava de pé junto à sua bandeira, que uma leve brisa agitava. Não tirava os olhos do navio de guerra. Este ainda tentava se aproximar. Vi as suas luzes de posição, verde e vermelha, e o farol suspenso. Das chaminés escapava fumaça, indicando a intensa atividade das máquinas a vapor.

Assim permaneci até as seis horas da manhã. O capitão Nemo nem pareceu perceber minha presença. Não fez nenhum sinal, nem me disse uma palavra.

Ao amanhecer, as balas voltaram a ser lançadas. Não devia estar longe o momento em que o Nautilus atacaria. Seria também o instante de nossa fuga!

Já pensava em descer para avisar Ned Land e Conseil quando o imediato subiu com vários tripulantes. As amuradas da balaustrada em torno da plataforma foram descidas. As cabines do farol e do timoneiro entraram no casco, escondendo-se completamente. A superfície do enorme charuto metálico ficou sem qualquer saliência!

Voltei para o salão. O Nautilus continuava na superfície. Nossa velocidade diminuiu. O Nautilus deixava o navio se aproximar! As detonações tornaram-se mais fortes!

— Meus amigos, chegou a hora! Que Deus nos proteja! — disse eu.

Ned Land se mostrava decidido. Conseil, calmo. Eu estava muito nervoso. Nesse instante, percebi que o Nautilus voltava a submergir.

— É tarde, Ned Land. Perdemos a oportunidade! — lamentei-me.

Em instantes, estávamos sob as ondas. O Nautilus ia ferir o navio abaixo da linha de flutuação, onde a carapaça não o protegia!

Éramos de novo prisioneiros. Testemunhas forçadas de uma guerra que não era nossa! Aguardamos em meu camarote, ouvindo atentamente cada ruído.

A velocidade do Nautilus aumentava. Tomava impulso.

De repente, houve um choque relativamente fraco. Mas senti a força penetrante do esporão de aço. O Nautilus atravessara o casco do navio!

Corri para o salão.

O capitão Nemo lá estava. Mudo, sombrio, implacável, olhava através do painel de vidro.

O navio afundava. Para nada perder de sua agonia, o Nautilus também descia para o abismo. A dez metros, vi o casco arrebentado, onde a água entrava com a força de uma tempestade. No tombadilho, sombras negras se agitavam.

A água subia. Os marinheiros escalavam os mastros, agarravam-se aos cabos, contorciam-se na água.

Fiquei paralisado, com os cabelos arrepiados, os olhos arregalados de horror. Sem fôlego, sem voz!

O navio continuava a afundar. O Nautilus seguia seus movimentos!

De repente, ocorreu uma explosão. O ar comprimido fez voar os pedaços do convés. O impulso das águas foi tão violento que o Nautilus se desviou!

O navio afundou ainda mais depressa. Vi os mastros vergando ao peso das vítimas. Finalmente, a massa sombria desapareceu em um redemoinho.

Voltei-me para o capitão Nemo. Ainda com ódio nas pupilas, permaneceu admirando a tragédia que ele mesmo causara. Quando tudo acabou, foi para seu camarote. Abriu a porta e entrou. Segui-o com os olhos.

Somente então vi, na parede, mais acima, o retrato de uma jovem mulher com duas crianças. O capitão Nemo ficou diante dele alguns instantes, como se prestasse uma homenagem. Estendeu os braços em sua direção, talvez pretendendo se agarrar à lembrança de seus dias de amor. Em seguida, ajoelhou-se chorando, com o corpo sacudido por soluços.

22
AS ÚLTIMAS PALAVRAS DO CAPITÃO NEMO

Os painéis de metal haviam se fechado. A luz do salão não fora acesa novamente. No interior do Nautilus só restavam escuridão e silêncio. Deixava o local do ataque a grande velocidade. Para onde iria? Onde se refugiaria, aquele homem, depois de tão tremenda vingança?

Voltei a meu camarote, onde Ned Land e Conseil esperavam em silêncio. Sentia agora um horror imenso. Fosse o que tivesse sofrido da parte dos homens, o capitão não tinha o direito de se vingar de maneira tão terrível! E eu? Sim, tornara-me não somente cúmplice, mas testemunha! Era contra tudo o que eu acreditava. Um homem deve viver de acordo com os seus princípios. Participar daquela vingança, mesmo como testemunha, destruía os meus!

Às onze horas a iluminação voltou. Fui para o salão. Estava deserto. Consultei os instrumentos. Seguíamos para o norte. Às vezes na superfície, a maior parte do tempo sob as águas. Nosso trajeto nos conduzia para os mares boreais!

Mal conseguia observar a rica população das águas através das paredes de vidro. Havia tubarões-martelo[116], hippocampus[117], enguias-elétricas, exércitos de caranguejos! Mas eu já não tinha vontade de estudar, classificar, observar. Quando chegou a noite, havíamos atravessado duzentas léguas do Atlântico. Meu espírito continuava sombrio.

Voltei a meu quarto. Tive pesadelos. A horrível cena da destruição me perseguia.

A partir daquele dia, quem poderá dizer para que lugares do Atlântico Norte nos arrastou o Nautilus? Sempre a grande velocidade. Sempre em meio a nevoeiros, quando estava na superfície. Eu já não sabia mais onde estávamos, nem quanto tempo se passara. Os relógios a bordo estavam parados. O dia e a noite pareciam não seguir um curso regular. Acredito, mas talvez me engane, que, dessa maneira, viajamos por quinze ou vinte dias. Não sei quanto tempo teríamos continuado assim se uma catástrofe não terminasse a viagem!

[116] O "tubarão-martelo" é uma espécie de tubarão cuja cabeça lembra um T, sendo que, em cada braço do T, está localizado um olho e uma narina. Em sua cabeça há sensores elétricos capazes de perceber o batimento cardíaco de um peixe pequeno que se esconda embaixo da areia.

[117] "Hippocampus" é o nome científico dos cavalos-marinhos. Nadam com o corpo na vertical e, como os camaleões, podem mudar de cor para mimetizar o ambiente. Também como os camaleões podem mexer um olho independentemente do outro.

Já não via o capitão Nemo. Nem o imediato, nem qualquer outro membro da tripulação. Navegávamos sem parar. Se subíamos à superfície, a escotilha se abria automaticamente. Os painéis de metal levantavam-se, deixando as paredes de vidro à mostra. Entretanto, nunca mais o capitão viera calcular nossa posição. Com os instrumentos parados, eu também não sabia onde estávamos.

O próprio Ned Land, já sem esperanças, resolvera permanecer sozinho na cabine. Nem com Conseil falava, mergulhado em profunda depressão.

— A situação não pode continuar assim! — disse eu.

Mas não havia o que fazer. Até que certa manhã acordei com Ned debruçado sobre mim. Disse em voz baixa:

— Vamos fugir!

— Quando? — foi só o que perguntei.

— À noite. Parece não haver mais nenhuma vigilância. É como se a tripulação estivesse entorpecida. Está pronto, senhor?

— Sim! Onde estamos?

— Hoje de manhã vi terras através do nevoeiro. A costa não pode estar longe!

— Sabe que terras são?

— Não faço ideia. Mas, seja onde for, vamos pedir socorro!

— Sim, Ned. Mesmo que o mar nos engula, vamos fugir!

— O mar não está bom, o vento é forte e o nevoeiro denso. Mas a distância da costa não é grande. Conseguiremos chegar com o barco guardado no compartimento do casco do Nautilus! Já levei mantimentos e água para lá, sem que ninguém percebesse!

— Vamos nos arriscar — concordei.

— E, se nos pegam, lutarei até a morte. Mas não me deixo prender novamente! — concluiu Ned Land.

Respondi, firme:

— Penso da mesma maneira. Temos que recuperar a liberdade!

Fui para a plataforma. Observei o mar. Estava terrível. Mas era preciso fugir! Não devíamos perder tempo! Voltei ao salão. Desejava e ao mesmo tempo não queria encontrar o capitão Nemo. Seria capaz de esconder o horror que agora me causava? Melhor não vê-lo nunca mais! Mas, no fundo, aquele homem ainda me fascinava.

Era o último dia a bordo do Nautilus! Como da vez anterior que tentamos fugir, as horas demoravam a passar. Ned Land e Conseil não vieram falar comigo, para evitar suspeitas.

Fiz minha última refeição, deixada por um tripulante que parecia invisível. Não tinha fome. Mas comi, pois tinha de estar forte.

No final da tarde, Ned Land entrou no meu quarto e avisou:

— Não tornaremos a nos ver antes da partida. A Lua demora a aparecer nessa região. Vamos fugir às dez horas, quando estivermos na superfície. O Nautilus tem subido todas as noites. Vamos aproveitar a escuridão. Venha para o barco. Eu e Conseil o esperaremos!

Verifiquei a rota do Nautilus. Continuava a uma velocidade espantosa, a cinquenta metros de profundidade.

Lancei um último olhar para as maravilhas expostas. Nunca me esqueceria das riquezas artísticas e dos tesouros da história natural, para sempre guardados naquele salão!

Em seguida, vesti-me com uma roupa impermeável. Reuni minhas notas e as guardei comigo. Meu coração batia descontroladamente. Ainda bem que o capitão não aparecera. Minha perturbação teria me traído a seus olhos!

Que faria ele naquele momento?

Escutei à porta de seu camarote. Ouvi passos. O capitão Nemo estava lá dentro. Não se deitara. A cada instante, pensava que ele ia aparecer e me perguntar por que eu queria fugir. Tinha sobressaltos. A minha imaginação tornava tudo pior!

Quase entrei no camarote do capitão para encará-lo de frente, desafiá-lo de uma vez por todas.

Deitei na cama para conter minha agitação. Às nove horas e trinta minutos minha cabeça latejava. Fechei os olhos. Ainda meia hora de espera! Meia hora de pesadelo.

Naquele momento ouvi o som do piano. Era uma música triste, verdadeiros lamentos de uma alma sombria. Escutei com todos os meus sentidos. Em seguida, um pensamento me aterrorizou. O capitão Nemo deixara seu camarote! Estava no salão, que eu tinha de atravessar para fugir. Ia ter de enfrentá-lo uma última vez. E se desconfiasse? Podia me prender para sempre! Talvez na cela!

Eram quase dez horas! Chegara o momento de me juntar a Ned Land e Conseil!

Não podia hesitar. Abri a porta cuidadosamente. Pareceu fazer um barulho incrível! Mas talvez o ruído só existisse na minha imaginação.

Avancei deslizando pelos corredores escuros. Parava a cada passo para controlar as batidas do coração.

Cheguei à porta do salão. Abri-a calmamente. As luzes estavam apagadas. Ouvi o piano. O capitão Nemo tocava. Não me viu. Mesmo com a luz acesa não teria me visto, tão absorvido estava com a música!

Arrastei-me sobre o tapete, evitando qualquer ruído. Precisei de cinco minutos para chegar à porta da biblioteca. Ia abri-la, quando ouvi um suspiro profundo. Fiquei paralisado. O capitão Nemo se levantara. Caminhava na minha direção, com os braços cruzados. Mais deslizava que caminhava, como se fosse um espectro. Chorava. De seu peito saltavam soluços. Eu o ouvi murmurar as seguintes palavras — as últimas que me chegaram aos ouvidos:

— Deus Todo-Poderoso! Basta! Basta!

Nunca vira tanto sofrimento em um só homem!

Deslizei para a biblioteca. Subi a escada central. Segui o corredor superior até o compartimento do barco. Entrei pela abertura que já dera passagem a meus dois companheiros.

— Vamos partir! Agora mesmo! — exclamei.

— Vamos! — concordou o canadense.

O painel que fechava o compartimento já estava solto. Ned começou a desparafusar as porcas que ainda prendiam o pequeno barco.

De repente, ouvimos vozes agitadas. Teriam descoberto nossa tentativa de fuga? Ned Land me entregou um punhal.

— Sim, vamos lutar! — murmurei.

Mas uma palavra, vinte vezes repetida, revelou-me a causa da agitação. Não era a nós que a tripulação se referia!

— *Maelström! Maelström!* — exclamavam.

O *maelström*! Em nossa situação podia haver termo mais terrível?

Estávamos, portanto, na costa da Noruega! O Nautilus ia ser arrastado para um sorvedouro justamente no instante em que pretendíamos desprender o barco!

Sabe-se que as águas apertadas entre as ilhas Feroë e Loffoten se precipitam com extrema violência. Formam um turbilhão do qual nenhum navio ainda conseguiu sair! De todos os pontos do horizonte chegam ondas monstruosas, que produzem esse sorvedouro. Justamente por isso é chamado "umbigo do oceano". Sua força de atração se estende por quinze quilômetros! Ali são aspirados não só os navios, mas também as baleias e os ursos-brancos das regiões boreais.

Era para ali que o Nautilus, ainda não sei se voluntária ou involuntariamente, fora levado pelo capitão Nemo. Descreveu uma espiral, cujo raio diminuía cada vez mais. Tal como o submarino, o barco, ainda preso em seu casco, era arrastado a uma velocidade vertiginosa.

Eu sentia a tontura que decorre de um movimento giratório muito prolongado. Estávamos imersos em horror. Que ruído espantoso à nossa volta! Que estrondo o das águas caindo sobre as rochas agudas do fundo, onde os corpos mais duros se quebram! Onde os troncos das árvores se desfazem!

Que situação! Éramos sacudidos horrivelmente. O Nautilus defendia-se como um ser humano. Seus músculos estalavam. Por vezes levantava-se, e a nós com ele!

— Vamos nos agarrar e tornar a apertar as porcas! — disse Ned. — Se continuarmos presos ao Nautilus ainda podemos nos salvar!

Não acabara de falar e ouviu-se um estalido. As porcas saltaram. O barco se desprendeu. Dentro dele, fomos lançados no meio do turbilhão!

Bati com a cabeça num ferro. Perdi os sentidos.

23
CONCLUSÃO

Eis o final dessa viagem submarina. O que aconteceu naquela noite? Como eu, Ned Land e Conseil sobrevivemos ao redemoinho, não sei dizer. Quando voltei a mim, estava deitado na cabana de um pescador das ilhas Loffoten! Meus dois companheiros, sãos e salvos, estavam ao meu lado. Abraçamo-nos com alegria.

Ainda não pudemos voltar para a França. Os meios de comunicação entre a Noruega e o sul são escassos. Aguardamos o barco a vapor que, duas vezes por mês, passa por aqui.

É aqui, entre a boa gente que nos acolheu, que revejo o relato dessas aventuras. Nem um fato foi omitido, nem um pormenor exagerado. Trata-se de uma narrativa fiel.

Acreditarão em mim? Não sei. Pouco importa, afinal. Tenho o direito de falar sobre a viagem. Em menos de dez meses, atravessamos vinte mil léguas submarinas!

Mas o que aconteceu com o Nautilus? Terá resistido? O capitão Nemo ainda estará vivo? Continua sua vingança ou parou após o último ataque? As ondas nos entregarão algum dia o manuscrito em que fala sobre suas descobertas e conta a história de sua vida?

Poderei um dia saber seu verdadeiro nome? Sua nacionalidade?

Assim espero. Igualmente espero que o poderoso engenho tenha vencido o mar mais uma vez. E que o Nautilus tenha sobrevivido! Se assim for, e se o capitão Nemo ainda habitar o oceano, possa o ódio extinguir-se em seu feroz coração! Que a contemplação de tantas maravilhas aniquile seu espírito de vingança! Que desapareça o justiceiro e viva o sábio!

Se o seu destino é estranho, é igualmente sublime. Não o compreendi por mim mesmo? Não vivi quase dez meses imerso nessa existência sobrenatural? Assim, respondo à pergunta formulada há seis mil anos na Bíblia, no livro de Eclesiastes: "Quem pôde alguma vez sondar as profundezas do abismo?". Dois homens entre todos têm agora o direito de responder. O capitão Nemo e eu.

Notas do tradutor

Fontes consultadas

Web:
http://www.cdof.com.br/avalia14.htm (acesso em 21/05/2012)
http://www.iucn.org (acesso em 21/05/2012)
http://www.websters-online-dictionary.org (acesso em 21/05/2012)
http://www.wikipedia.com (acesso em 21/05/2012)

Livros:
Bíblia Sagrada. São Paulo: Paulus, 1993.
CHAVALIER, J. & GHEERBRANT, A. *Dicionário de símbolos*. 17. ed. Rio de Janeiro: José Olympio, 2003.
FERREIRA, Aurélio B. de H. *Novo dicionário Aurélio da língua portuguesa*. 3. ed. Curitiba: Positivo Editora, 2004.
FRAZZER, J. G. *O ramo de ouro*. 1. ed. Rio de Janeiro: Guanabara Koogan, 1982.
HOUAISS, A. *Dicionário Houaiss da língua portuguesa*. 1. ed. Rio de Janeiro: Objetiva, 2007.
______. *Dicionário Webster's. Inglês-Português*. Rio de Janeiro: Record, 2007.
MAGALHÃES, R. C. de. *O grande livro da arte*. 1. ed. Rio de Janeiro: Ediouro, 2005.

National Geographic Society. *National geographic atlas of the world*. 8. ed. Londres: Random House, 2004.
PAUWELS, G. J. *Atlas geográfico*. 1. ed. São Paulo: Melhoramentos, 1996.
SILVA, C. da & SASSON, S. *Biologia*. 3. ed. São Paulo: Saraiva, 2003.
The new encyclopaedia britannica. 15. ed. Chicago: Encyclopaedia Britannica Inc., 1993.

Por que amo *Vinte mil léguas submarinas*

Walcyr Carrasco

Vinte mil léguas submarinas me acompanha desde criança. Não só li o livro, como assisti a sua adaptação para o cinema. É fascinante "viajar" pelo fundo do mar junto com Júlio Verne. Há quem diga, hoje em dia, que conhecemos mais o espaço do que a profundeza dos oceanos, onde habitam espécies desconhecidas, curiosas, estranhas. Quando tenho a oportunidade de ir a um aquário, fico horas observando as arraias, que parecem voar na água. E os seres luminosos que vivem onde não há luz. Mesmo hoje, algumas espécies marítimas são estudadas para se entender como conseguem sobreviver em condições tão adversas.

O que sempre me impressionou foi saber que Júlio Verne descreveu um submarino que ainda não tinha sido inventado. Pois é, parece inacreditável.

É antiga a vontade de criar um engenho tripulado por seres humanos capaz de navegar, imergir e voltar à superfície. Entre 1771 e 1775 tentou-se construir, nos Estados Unidos, um veículo submarino de madeira e manobrado por manivelas. Foi um fracasso. Em 1800, Robert Fulton, inventor do primeiro barco a vapor comercial, recebeu uma verba do governo francês para projetar e construir um submarino, ao qual deu o nome de "Nautilus" (certamente foi em sua homenagem que Júlio Verne deu o mesmo nome a seu submarino fictício). Fulton também não teve sucesso. Em

1850 os alemães construíram um submarino que fez cem mergulhos, com uma tripulação de catorze homens. Mas era movido a hélice, acionada manualmente! Os tripulantes ficavam exaustos! Em 1863 os franceses criaram outro, de ar comprimido. Também não funcionou. Somente a partir de 1900 é que começaram a ser construídos os submarinos com tecnologia adequada para navegação na água.

Mas em 1870 Júlio Verne antecipou a existência do submarino em *Vinte mil léguas submarinas*. Mais que isso: explica seu funcionamento, de uma forma que a ciência não conhecia até então. O uso da energia elétrica, a velocidade, a renovação do ar, a imersão e emersão são descritos pelo autor sem que houvesse nenhum engenho com essas características. Descreve até os reservatórios de ar comprimido para mergulhadores! Júlio Verne conseguiu imaginar um submarino com capacidade para navegar vinte mil léguas sob o mar (110 mil quilômetros!).

Sem dúvida, foi um homem atualizado com o conhecimento científico de sua época. Graças a sua sólida base de conhecimento, soube prever uma invenção futura!

O melhor de tudo é que mesmo agora, quando os submarinos já são conhecidos e a ciência e a tecnologia muito mais avançadas, as aventuras do capitão Nemo continuam fascinantes. É o tipo de livro que não consigo parar de ler.

E por isso *Vinte mil léguas submarinas* está entre meus prediletos!

Quem foi Júlio Verne

© THINKSTOCK/GETTY IMAGES

Júlio Verne nasceu na cidade de Nantes, na França, em 8 de fevereiro de 1828. Aos 20 anos mudou-se para Paris, a fim de concretizar o sonho do pai, que queria vê-lo advogado. Antes de terminar os estudos, realizou diversas viagens pelo Mediterrâneo, pelos países bálticos e pela América do Norte.

Durante o período de estudo, a maior parte do dinheiro que recebia do pai era gasta em livros: o sonho de ser escritor não o havia abandonado, a curiosidade que nutria pelas inovações e descobertas por que passava o mundo naquela época tornava-o sedento de informações.

Ao se formar, viu que precisava decidir entre as leis e a escrita. Escolheu seguir sua vocação. Em 1863 publicou *Cinco semanas em um balão,* livro que teve grande repercussão e rapidamente foi traduzido e publicado em toda a Europa.

Júlio Verne é considerado o pai da ficção científica, mestre da invenção e criador do romance geográfico e científico. O livro *Vinte mil léguas submarinas* foi publicado em 1870. O autor escreveu ainda outros livros de sucesso, entre eles: *Viagem ao centro da Terra, A volta ao mundo em 80 dias, A ilha misteriosa* e *O farol do fim do mundo.* Faleceu em 24 de março de 1905 em Amiens, França, deixando ao mundo uma extensa obra, que nos dá as grandes dimensões de sua capacidade criadora.

Quem é Walcyr Carrasco

ARQUIVO DO AUTOR

Walcyr Carrasco nasceu em 1951 em Bernardino de Campos, SP. Escritor, cronista, dramaturgo e roteirista, com diversos trabalhos premiados, formou-se na Escola de Comunicação e Artes de São Paulo e por muitos anos trabalhou como jornalista nos maiores veículos de comunicação de São Paulo, ao mesmo tempo que iniciava sua carreira de escritor na revista *Recreio*. Desde então, publicou mais de trinta livros infantojuvenis ao longo da carreira, entre eles, *O mistério da gruta, Asas do Joel, Irmão negro, A corrente da vida, Estrelas tortas* e *Vida de droga*. Fez também diversas traduções e adaptações de clássicos da literatura, como *A volta ao mundo em 80 dias*, de Júlio Verne, e *Os miseráveis*, de

Victor Hugo, com o qual recebeu o selo de Altamente Recomendável pela Fundação Nacional do Livro Infantil e Juvenil. *Pequenos delitos, A senhora das velas* e *Anjo de quatro patas* são alguns de seus livros para adultos. Autor de novelas como *Xica da Silva, O cravo e a rosa, Chocolate com pimenta, Alma gêmea* e *Caras & Bocas*, é também premiado dramaturgo — recebeu o Prêmio Shell de 2003 pela peça *Êxtase*. Em 2010 foi premiado pela União Brasileira dos Escritores pela tradução e adaptação de *A Megera Domada*, de Shakespeare.

É cronista de revistas semanais e membro da Academia Paulista de Letras, onde recebeu o título de Imortal.